Gaea

GAEA

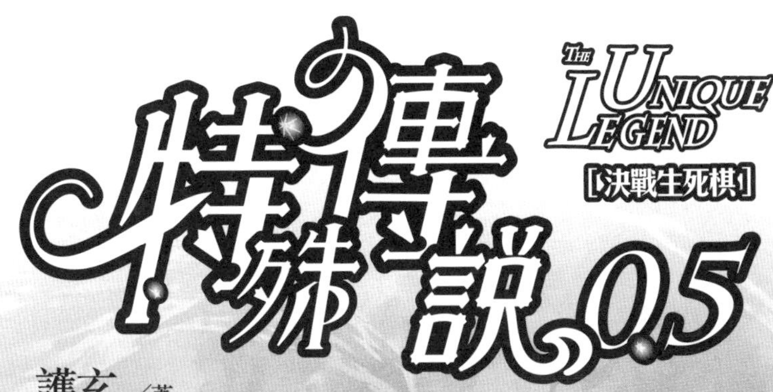

護玄 ／著

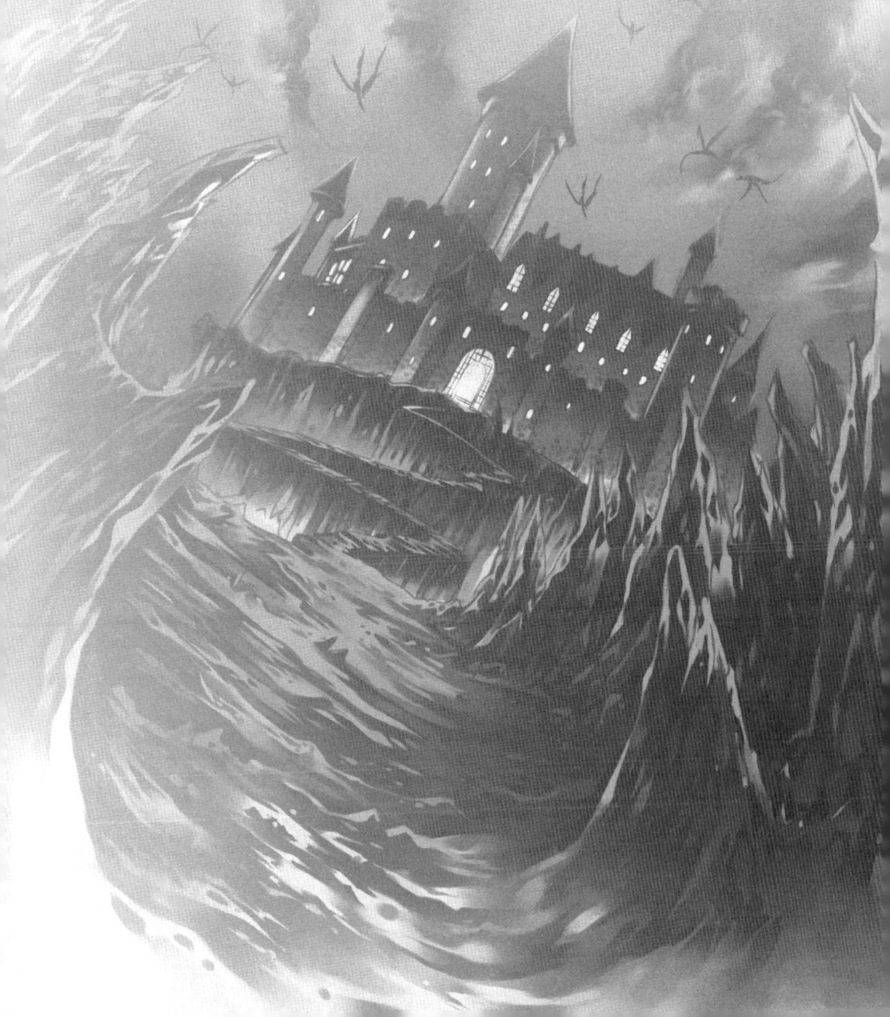

目錄

雖然這種開頭很老梗、非常老梗，但是還是要這樣說。

所有的一切，都是從那個時候開始……

❄

「呼呼呼呼呼呼……呵呵呵呵呵……」

點著紅色燈火的房間中，光影被染成不自然的紫藍色，不斷冒起的蒸蒸霧氣向四周擴張飄散著，幾乎掩蓋了整個廣曠的空間。

唯一會動的身影倒映在詭譎的牆面上，帶著連蒼蠅都會嚇逃的笑聲，專注凝視著即將完成的物品。

散落在四周的是從各地找來的各種不同魔法陣式圖，慎重到快把他整年度存下的積蓄都給花光，就是爲了這一天。

「嘿嘿嘿嘿嘿……」

終於、終於可以辦到了！

他的心願終於可以在這一天完成。

「等著吧，你們！」

❄

「今年過年好像有點早喔？」

翻看著月曆，去年好像是在二月中吧，不過在看到今年要回去的日子時，我還是有點驚訝。

還不到二月就過年到底是怎樣！

打算給人家趕工不及嗎！

難怪最近我看到學校裡面原世界的東方學生一整個超忙，原來大家都是要趕在過年前把工作做完然後落跑回家的嗎？

「對，所以老媽叫你放假就直接滾回家。」

冥玥的聲音從另一端傳來：「一放假。」還特地給我強調這三個字，「不然我就去學校抓人，但是你要自己負責後果就是。」一邊說著這種話，她後面還傳來某種很像十字弓上膛的聲音，讓我猜想她到底是在家裡打電話，還是在什麼見不得人的地方打電話。

「……我知道了。」要是妳來抓，我們學校的袍級不全都逃走才有鬼。

——這也就是兩週後，我站在原世界市區的原因。

聽說最近新市政中心也移往中港路了啊，感覺今年年貨大街貌似又小了點……之前學長來時的幾家攤位也都不見了。

早上的觀光街有點冷清，大多都是賣糖果的，聽說過年前夕糖果都很貴，不過越接近除夕夜會越便宜，所以老媽都說晚一點再來買比較好，不然就去第三市場或者天津路那邊的年貨大街，那時可能都比較熱鬧了。

之前看學長好像滿有興趣，我看最近再約他去另外幾個地方逛逛……

「漾～你們這邊最近過年好像不太熱鬧了。」

你跟來幹什麼啊！

看著身旁非常理所當然在吃烤香腸的五色雞頭，我很有種想隨便找個地方把他踢回去算了的感覺。

但是最悲傷的就是能力沒他高，踢人會被剁腳，所以只能死目地看著他吞掉路邊買來的山豬肉香腸。

「果然沒有金龍助陣就會有點空虛嗎？過年果然還是要有點火看起來會比較旺。」不知道到底是怎樣看年貨大街看出這種心得，總之五色雞頭下了一個非常恐怖的結論：「漾～你們這個城市是不是很欠花鼓陣？」

「完全不欠，謝謝！」你是從哪個地方看出來年貨大街很缺花鼓陣啊你！還有也不缺金龍助陣……這並不是廟會啊！

很怕下次回來會看到真的金龍噴火，我連忙在五色雞頭還沒想出個鬼念頭時把他拖走，「快點回家吧，我跟我媽說今天會提早回來，是說為什麼你要跟來啊？」

「哼哼，本大爺身為大哥，過年時當然要到小弟家繞繞走走，不然你家哪會平安。」還給我說得非常理直氣壯的五色雞頭有點遺憾地看了年貨大街一眼，倒是還算合作地隨我一起走了，「而且我家沒這麼好玩，回去可能又要開工了，很煩，還不如到你家過年。」

最後這句才是你的心聲吧！

你到底把我家當成什麼娛樂中心啊渾蛋！

不過話雖然是這樣說，其實在回來之前我也有打過電話給老媽，老媽還說如果學長等人有空也可以約回家過年……但是我完全不想和五色雞頭一起過年啊，才剛過年就被帶衰眞的有比較好嗎！

「對了，漾～爲了展現大哥的風範，本大爺有訂了新年賀品到你家，應該也差不多到了。」走到一半，轉進家附近的小巷子時，五色雞頭突然開口。

「……你訂了什麼？」我猛然一頓，愣愣地看著很得意的傢伙。

「就過年的生猛海鮮禮品，而且還很有誠意地送足十二箱大禮外加禮炮，看本大爺對你多好。」五色雞頭給我一個豪邁的拇指。

……

…………

你是要害我家全滅嗎！

我家連年都還沒過，你就要用海鮮來殲滅我家嗎你！

看著五色雞頭，我悲哀了。

你你你……你連過年都不放過我嗎！

蒼、天、啊——！

我一整個想跪在路邊哭了。

我前輩子到底是欠了什麼債？這輩子要被這樣整！你他喵的爲什麼要讓我的人生裡出現五色雞頭這種東西，是覺得我活太久、一出生沒有扭死我很可惜是嗎！

就在我悲憤到完全不想去看自己家被十二箱海鮮剷平時，後面突然一個力道踢上來，差點沒把我踹去撞牆。

「你不回家在這裡發什麼呆！」

不知道啥時出現在我身後的冥玥提著好幾袋火鍋料，然後瞥了眼一旁的五色雞頭，一點訝異的表情都沒有。

「我還有家可以回嗎……」捂臉，我家被海鮮剷平了。

「……你是最近跟你學長還誰出任務出到腦袋壞掉嗎？」冥玥瞇起眼睛，很有會把火鍋肉砸在我頭上的氣勢，「快回去幫忙啦！然跟辛西亞已經在我們家了，老媽還叫我多買一點東西，你再給我混看看！」

「對不起，我馬上回家。」既然他們都在家，那證明家裡應該是安全的，五色雞頭送的

十二箱凶器十成十會反被殲滅吧。

「漾～不可以偷懶喔！」讓我想一巴掌打上去的五色雞頭很快樂地幫忙提了些食材，就這樣朝我家小跳步地奔去了……那是我家吧喂！

「快點回家。」丟下這句話，冥玥也匆匆地往家裡去了，可見家裡這次應該眞的很忙。

鬆了口氣，就在我也連忙要跟著返家幫忙時，身後突然傳來某種熟悉的聲音——

「同學，要來一條吃了會死的口香糖嗎？」

吼——！

這就是所有事情的開始。

01

兩週前

「過年？」

千冬歲和喵喵一起轉過頭來看我。

「嗯啊，千冬歲應該像之前一樣會回家去忙吧？」我記得千冬歲家每年都要舉辦傳統冬祭，跟夏碎學長他家一樣，聽說是千百年傳承的大祭典，所以每年過冬都會很忙。

「不，今年我已經跟我父親說不回去了。」推了一下眼鏡，出乎我意料之外，最認眞的千冬歲竟然在鏡片一閃之後告訴我們，「因爲我要留在藥師寺家監視……不是，幫我哥弄三餐，這樣那條蛇才不會每天都在想奇怪的東西給我哥吃！」還加上拍桌子，周圍幾桌的人都轉過來看了我們這邊一眼。

「欸……這樣喔。」我有點開始憐憫夏碎學長了。

「你知道嗎，上次那條蛇竟然從原世界弄滷肉飯和貢丸湯要給我哥吃！你知道那個一點都不清淡——」

原來小亭上次問我台灣什麼好吃，是要問給夏碎學長吃的啊！我突然了解了，還好我沒有跟他說肉圓、臭豆腐、蚵仔煎之類的，不然千冬歲知道是我講的還不掐死我才怪。

要知道這邊的人雖然個個看起來威武精明，但實際上腦子裡一定有條筋是連到黑洞或是打結的。

和我一樣一起聽抱怨的喵喵偷偷地朝我聳聳肩。

從頭到尾都被忽略的萊恩消失在餐桌的一角，不過桌上的飯糰還在持續消失，證明他形消人還在。

「醫療班今年事情比較少呦，所以喵喵忙完會過去拜訪的。」很習慣地把千冬歲丟在一旁讓他自己碎碎唸，喵喵露出可愛的笑容，「也會找庚庚一起去喔。」

「喔喔，好啊，那要來再打個電話。」老媽好像對大家印象都不錯，連五色雞頭都可以包容了，我突然覺得我家搞不好意外地很開明！

「還有莉莉亞、菲西兒、登麗、歐蘿姐……」

等等，是去我家不是去ＫＴＶ吧！看著喵喵竟然開始數起來，我都不知道要不要打斷她

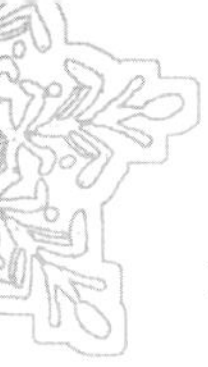

了。

我家並沒有兩百坪啊！

在喵喵的手指快算到第二輪時，打斷她的不是我，而是偕同某藍袍從餐廳門口踏進來的救星。

「學長，這裡這裡！」一看見學長，喵喵馬上把所有人名都丟開了，很高興地朝不知道是要進來吃飯還是要進來執行任務的學長招手。

掃了我們這桌一眼，學長倒是走過來了。

「越見大哥。」後面的藍袍也是熟面孔，我連忙把桌上的食物移開，連千冬歲都停下來了。

「真巧。」越見也打了招呼，「好久沒來學生餐廳了。」

看到一桌子的人都盯著他們看，學長直接嘖了一聲。

「我們正在說過年要去漾漾家玩，學長也會去嗎？」完全把她剛剛的好友名單給拋到腦後，喵喵很期待地眨著大大眼睛瞅著學長，連我都看得出來裡面閃閃發光了。

「不知道。」學長很直接地丟出三個字，完全不受大眼睛攻擊的干擾，「我手上有任務待執行。」在喵喵委屈地皺起臉之後他補上這句。

「原世界的過年啊？」在一旁坐下的越見倒是和喵喵聊了起來，「以前我有去過幾次協助任務，好像滿熱鬧的樣子，不管是哪個區域的人，似乎都很喜歡過年的那種氣氛。」

……你是又去協助誰把年貨大街砸掉的任務之類的嗎？

很直接想起之前學長說過的事情，我咳了聲，避開了旁邊血紅色的凶狠瞪視。

「對啊對啊，很熱鬧，喵喵也會去不同地方的年節，不久之前也有去潑水節喔！所以越見要不要一起去拜年？大家一起去比較熱鬧喔！」

……妳是打算約幾個人去我家？

我家會被爆掉吧！

「去散散步好像也好，如果不介意的話，我會問月見要不要一起去。」

……不要攜家帶眷來啊我說！

「嗤。」

還有學長你不要坐在旁邊冷笑看戲，先想想辦法制止他們啊！我家連三十坪都不到，擠不下這堆大佛啊！

「漾～你們又在講什麼好玩的事沒告訴本大爺了！」

遠遠地，五色雞頭的聲音直接穿越了整座餐廳，朝我們這邊射過來。

看著桌面，我直接無力地撞上去，很想就這樣裝死算了。

對不起，開口約人是我的錯，我以後絕對不敢隨便亂約大家來家裡過年了，爲什麼只是單純約一、兩個，卻變成一整串的粽子啊啊啊——

到底是爲什麼！

❄

兩週後

邊想著之後可能會擁入家裡的人潮，我有點悲哀地踏進了玄關。

根本已經把我家當成自己家的五色雞頭，提著袋子就自己衝進去和我老媽打招呼，還幫忙分菜放冰箱……這是我家吧喂！

坐在玄關脫鞋子，我再度嘆了口氣。

「歡迎回家。」

一抬起頭，正好看到然從客廳裡走出來，「好久不見。」

「好久不見。」連忙從地上爬起來，見到跟在現任妖師首領身後的精靈，也點了下頭。

其實然到我家不意外，畢竟是舅舅的兒子，每年過年老媽都會打電話邀，只是都被推掉而已……大概是怕妖師的身分會有什麼影響，沒想到今年會跑來，多少還是感到有點訝異。

「我們晚上圍完爐就差不多要離開了。」似乎直接看穿我心中所想，然微笑地告訴我，「是告訴姑姑還有事要忙，不過實際上不能在這邊待太久。」

「喔……」點點頭表示了解，我想想反正妖師首領都這樣講了，再說什麼多留幾天好像有點白目和沒禮貌，就算了。

對著我又笑了下，然看向玄關地上，「這是什麼？」

跟著看過去——

擺在我鞋子旁邊的是個大木盒，那種樸素到不行、貌似收納盒子、約Ａ３大小，剛剛提的時候還有點沉。「欸、回來時在路上遇到那個賣口香糖的帽子，說啥是過年特別大放送，

硬塞給我的。」

正確的狀況是這樣，當我要跟上眾人腳步回家時，被不知道爲什麼又變色了的賣口香糖小綠帽叫住，硬是推銷要我買一條，還說今天沒賣完他就只能吃口香糖過年，這樣吃下去他可能還沒過年就先腸子黏死了，所以可憐他只好眞的買一條。沒想到買了之後，他就從一直拖在手上的麻布袋裡拿出這個木盒子強迫塞給我。

據目測，那個袋子裡起碼還有十幾個一樣的盒子，整個被撐得鼓鼓的，害我有瞬間以爲是什麼聖誕節特別限定企劃，搞不好打開裡面會爆出幾百條口香糖之類的東西。

「啊，是早上遇到的那位吧。」辛西亞露出恍然大悟的神色。

「你們也有遇到嗎？」難道賣口香糖的小綠帽就住在我家外面？

「我們拒絕推銷。」然用非常親切和藹的語氣告訴我。

……小綠帽又碰釘子了是嗎？

「不過這個有問題嗎？」拿起木箱用力搖兩下，我只聽到某種碰撞聲。

「嗯……理論上是沒有。」笑得很誠懇，但是沒有唬爛過我的然這樣說著：「實際上應該也沒有危險性。」

比起學長，我比較相信然對危險的評估，而且他應該也不至於會看我笑話，所以應該眞的沒有啥問題。

「可能要人多一點會比較有趣。」顯然知道裡面是什麼的辛西亞補上這一句。你們就乾脆告訴我裡面是什麼東西會死嗎？

「辛西亞，可以麻煩幫個忙嗎？」從廚房裡端著一整桶的青菜加茼蒿探出頭，冥玥警告性地瞪了我一眼，「還有你，馬上給我滾去放好東西下來幫忙！等等要拜拜，你不知道還要準備很多東西嗎？」

「漾~沒幫忙會被揍喔！」跟在後面探出頭的五色雞頭竟然就這樣完全融入我家了。不要入侵我家啊渾蛋！還有你到底是啥時變得這麼居家！

雖然是這樣想，但是我也不敢說出來，尤其是冥玥很有可能把那桶菜砸過來，我連忙抱著東西衝上樓，「等等就下來！」

在然和辛西亞好笑的目光下，我抱頭逃離了忙成一團的走廊。

一進房間之後，剛剛的忙亂聲音突然就都變小了，空氣也跟著安靜下來。

總是回到這裡才感覺好像真的回到自己的世界一樣，沒有什麼奇怪的事、沒有什麼奇怪的人、沒有什麼奇怪的動物……可惡！自己騙自己都感覺很沒有說服力……

就在我不知道第幾次想哀悼一下正常人生之死時，一旁的窗戶突然被人踢開，接著直接撞上我的頭，發出了很巨大的「匡」地一聲。

「你站在旁邊幹什麼？」

凶手！

凶手想用窗戶打破我的頭！而且還說得好像都是我的錯一樣！

按住瞬間爆出一堆星星的頭，我整個人在地上翻滾，「學長！我家有門啊——」哪有人大過年的從別人家的窗戶進來！

你是要趁過年時候光顧別人家的小偷嗎你！

一腳踩住我的肚子，高高在上還戴著帽子的黑髮學長居高臨下，用一種非常鄙夷的表情看向我，「有人規定來你家一定要走大門嗎？」

凶手還強詞奪理啊！

「沒、沒有……你喜歡走哪裡請自便……」為了怕腸子被他踩出來，我只好屈居於淫威之下了。

「欸——原來漾漾的房間是長這樣的喔？」

就在我悲哀地從學長腳下鑽出來時，剛好看見第二個黑袍、傳說應該是個格鬥技老師的傢伙，從我房間的窗戶外爬進來，「太久沒回原世界了，感覺跟以前知道的有點落差。」

他一下來我才發現，除了和學長一樣戴著帽子改成黑髮，身上還穿了很不搭的流行T恤和奇怪的配件，搭上那張娃娃臉，活像是偷穿別人的衣服。

「黎沚……我家有門的。」看了一下窗戶外面，應該沒有第三個會爬進來的傢伙了吧？

「這裡比較快。」娃娃臉給我一記大拇指。

「……」

「你家大門被擋住，我們只好自己找地方進來。」環著手，總算開口講正常理由的學長瞟了我一眼，示意我再看一次外面。

門被擋住？

該不會那個小綠帽又在外面給我亂搞什麼了吧！

再度往窗戶外大門方向看去，我看見了最平常不過的黑貓低溫宅配車停在門口……不就

是宅配車嗎，有啥好奇怪的……

宅配車！

五色雞頭的十二箱禮盒！

「不要開門啊——」

當我衝到樓梯口時，然已經打開大門，讓宅配人員把那死亡般的十二箱禮盒扛進來。

辛西亞和老媽在廚房裡面說說笑笑的，似乎完全沒發現。

對、對啊……然他們在，我幹嘛緊張成這樣。

就算裡面跳出來的是龍而不是龍蝦，肯定也會被秒殺掉，這點剛剛就知道了。

拍著胸口，我突然覺得幾年下來，人的心都老了，眞是越來越禁不住嚇啊，哈哈哈……

「哎啊！」

乒——

在我轉頭想爬回樓上問黎沚來幹嘛時，玄關方向突然傳來然的驚呼，接著是某種東西撞在門板上，砰地好大一聲。

一轉過頭，我差點眼珠都掉下來。

打開其中一個禮盒的然露出稍微帶點驚訝的神色，一手抓住了差點逃走的巨大龍蝦，他旁邊的門板上還有另一隻更大的蝦子，被一箭貫腦插在門板上，帶殼的身體還在不斷抽搐。

……五色雞頭你把這些東西用宅配宅來我家眞的對嗎！你是想殺了宅配先生吧！不要把這種東西給正常人類運送啊你！你跟黑貓先生有仇嗎！

「外面是什麼聲音這麼大聲？」就算和辛西亞講得很開心，但是基本上沒聾的老媽還是聽見了剛剛的騷動。

站在走廊另一邊的冥玥馬上把兵器收起來，直接衝過去擋在廚房門口，「沒有，剛剛宅配送來的東西撞到門。」

門口的然非常快速地把手上的龍蝦喀嚓一聲，一百八十度扭了半圈，然後把癱瘓的龍蝦和被穿腦的蝦子全都塞回箱子裡，動作之快，讓人都想鼓掌讚歎了。

所以等我老媽探頭出來時，眞的什麼都沒看到，連門上的蝦腦漿都被然站起來的身體給

擋住了，「小心一點，不要大過年就受傷喔。」

「姑姑放心，我們很會處理這些事的。」然露出了完美的微笑。

老媽點點頭，又鑽回廚房和辛西亞一邊準備一邊說笑。

接著不知道啥時移到客廳的五色雞頭跳出來，「喔哈！本大爺準備的東西到了啊！」

我眞的覺得冥玥剛剛該射的不是蝦子，是乾脆把五色雞頭插在門板上算了，這樣對大家都好。

「糟糕，這些可不方便在這邊處理。」還算是有正常人思維的妖師首領，說出了目前迫切該處理的問題。

「安啦，本大爺可以丟去叫我家廚房的人處理過再拿來！」五色雞頭很豪氣地拍拍胸脯，一整個就是包給他完全沒問題……你幹嘛一開始不這樣做啊！全部活的送來我家是想幹嘛啊你！

「你這邊還是一樣吵。」悠悠哉哉地從樓上走下來，學長看了然一眼，順勢向他和冥玥打了招呼。

「人多一點比較好啊，這樣才像過年嘛。」跟在他身後走下來的黎沚蹦蹦跳跳地踩在一樓地板上，「而且大家一起從過年前一直放鞭炮放到過年後，會更有氣氛喔。」

這次冥玥的眼睛就稍微睜大了，看來她完全沒想到這個人會來。

說眞的，我也沒想到！

「你怎麼會來這裡？」完全不曉得什麼叫尊師重道還是禮貌的五色雞頭，直接指著聽說是老師的娃娃臉，劈頭就問出我心中的疑惑。

「喔，這是因爲我出了任務，然後回程時遇到亞。」指著學長，黎沚一點也不介意五色雞頭的態度，還是笑吟吟地告訴我們，「問了一下，說因爲你有找他過年，反正他手上的任務也在等待階段，暫時沒事做就繞過來。而且好像曾在學校裡聽說大家都可以來，就跟來了。」

並沒有說大家都可以來啊！

到底是誰這樣傳出去的！

等等！這樣到底有多少人會來？

我突然不想去深思這個問題，總覺得繼續想下去會很恐怖……人生還是順其自然比較好，俗話說橋到……不是，船到橋頭怎樣都會直，就放給它自己直好了。做人不要太去深

思，不然會死很快，眞的！

「不過我想還是有點冒昧，所以帶了一些禮物來。」從後面的不知名空間拿出好幾個盒子，黎沚露出很無害的笑放在我手上。

看著包裝精美的高級乾貨，和傳說中會發出金光的松露等等禮盒，我突然有點感動了，原來還是有人知道正常禮物要送什麼的嘛。

「其他人也託我送年節禮盒給你。」站在一旁的學長又突然生出更多盒子，立時往我這邊疊高，「賽塔和安因，以及夏碎他們要給你的點心。」

「呃呃、謝謝。」每年都收他們送的點心盒還眞是不好意思。

剛剛才把龍蝦扭死的然笑笑地過來幫我把禮盒移進客廳裡，「既然大家都是來過年的，不如先到客廳休息一下或幫忙點什麼吧，今天還滿忙的。」

「我可以幫忙弄拜拜的東西。」黎沚跟著跑進去。

冥玥對我做了一個割脖子的動作，好像把剛剛龍蝦的事算到我身上了……我冤枉啊！妳去切五色雞頭啊！

那個站在門邊把箱子送去他家廚房的渾蛋才是元凶吧！

就在最後一個箱子消失在空氣中時，塗有蝦子腦漿的門再度被人打開。

「欸？家裡好多客人？都是今天要來一起圍爐的嗎？」我那常常沒回來的老爸看見走廊上有不少人，愣了下，手上大包小包的土產隨即放在一旁的地上，最後視線落向我這邊，「冥漾，好像有學校的人找你喔，說是你學長的樣子，剛剛在門口遇到。」

「欸？我學長？」看了旁邊的學長一眼，他應該沒有什麼分身整我吧？

老爸走進來，順便讓開身體，馬上我就知道是哪個學長了。

「學弟，新年快樂！」穿著黑色毛大衣的阿斯利安突然出現在我家門口，而且完全不忌諱他人目光，連頭毛顏色也沒改，大剌剌地就這樣來了，「聽很多人說可以來你家拜年，所以我就來了，新年快樂。」

到底是誰在謠傳可以來我家拜年的啊！

現在我唯一慶幸的是，摔倒王子沒有出現在他後面，這可能是今天一連串事情下來最令人安慰的一點。

還有，你拜年拜錯天了。

❄

「請切記，我爸媽都是非常普通的正常人類，我拜託各位千萬不要嚇到他們。」

看見訪客已經有點不受控制了，趁著辛西亞和冥玥纏住老媽、然纏住老爸在聊天的空檔，我一次把所有人都抓回房間裡，很努力地想與他們做共識溝通。

「好！請放心，我會很認真表演正常人類的。」黎沚舉起手，非常敬業地回答。

「本大爺啥時嚇到他們過，之前來你家也沒有吧。」剛剛差點謀殺宅配先生的五色雞頭很不以為然地說著。

你之所以沒有是因為都被其他人擋住了啊渾蛋！

「請不用擔心，大家都在原世界出過任務，當然知道這邊的狀況。」也是來得很突然的阿斯利安同樣很配合地要我放心，「所以今天是要抓年獸的那天嗎？大概幾點要出發？這一帶年獸的出沒地點大約是在哪邊呢？」

你確定你是認真地在提出這個問題嗎？

我覺得眼神快死了。

「嗤！」

學長，不要看笑話！

「總之，不要在屋子裡動用到任何法術，按照平常在原世界暫宿的方式。」還有點良心的學長終於在看夠笑話後開口：「另外也要幫忙準備東西，如果不會幫忙廚房的工作，就去和伯父聊天，不然就是順手把附近街道的髒污或黑暗之物清除掉，這樣就行了。」

「原來如此。」阿斯利安和黎沚都點點頭，表示明白。

「大概就這樣，反正晚上圍爐吃火鍋，也有年菜，還算有趣。」想了想，學長附註了這段話，「吃飽守歲，過了午夜就可以放鞭炮了，然後就會多一歲。」

「人類的記歲方式也很有趣。」顯然有做過功課的阿斯利安一點都不驚訝，「吃湯圓會多一歲，過年也會多一歲，一年會多兩歲。」

不，一年只會多一歲而已謝謝。

「那種事情怎樣都好，另外就是還要拜拜，大概會拜一些神……」學長開始向他們解說，等等會拜到的一些灶神啥啥的跟有的沒有的規矩。

「有的有認識耶，這樣直接拜沒關係嗎？他好像不在，要不要去把本人請來再拜？洛安

也認識很多的說。」黎沚在聽完那串神名之後，提出了非常驚悚的意見。

「那種事情怎樣都好……」

「拜託千萬不要特地叫過來！」連忙搶在學長前面，我驚恐地阻止即將發生的可怕事情。是說這樣講好像也怪怪的啊！人家拜拜就是要拜靈驗，我又叫人家不要請過來，怎樣都不對啊！但是我也不想看到一堆被叫來的啊啊啊啊——

我的心情好複雜啊。

你們可以拿出在出任務時那英明神武的樣子嗎！

不對，還是不要拿出來好了，我並不想在除夕夜時沒有房子可以住。

「學弟你放心，我們不會做什麼事的。」剛剛還說要去抓年獸的阿斯利安帶著他都了解的微笑拍拍我的肩，「那麼，先一起去幫忙吧，大家都待在這邊好像也不太好。」

如果可以，我還真希望他們可以全都乖乖地待在這裡，但是看起來應該很難……算了，反正然跟冥玥也在，他們應該不至於在冥玥的眼皮子下搞鬼才對！

大概吧。

看著幾個人紛紛離開我的房間，我再度覺得今天晚上好像會很難過的樣子……是說應該不會再有其他人來了吧？

到底是誰亂講可以來拜年的事！

嘆了口氣，我也稍微把背包給整理一下，一回家就被這些人搞到東西都沒放好，也不知道是爲什麼，總覺得我的人生好像越來越勞碌了，到底是哪裡出差錯了呢？

某種東西叩地一聲讓我轉過頭，打斷了剛剛的悲慘思考。

那個小木箱倒在旁邊。

是說這到底是什麼東西？

反正然他們說沒啥問題，應該不用太緊張。

這樣想著，我很順手地打開了木箱。

其實箱子本身的質感挺不錯，買口香糖送箱子都太高級了一點，不過那個世界的人腦子都怪怪的，所以不要太去追究到底是爲什麼買口香糖送這個玩意，對精神比較好。

箱子打開後，意外地平靜。

裡面只有一張羊皮卷，和好幾個銀色的圓形小柱體，不知道是幹嘛的；攤開之後褐色的卷張上有個奇怪形狀的地圖輪廓，完全看不出來是什麼東西，頂多只知道是張地圖，旁邊標

註了我看不懂的文字。

個人最新名言是：非我專業，就放旁邊；好奇太旺，屍骨無存。

「工作工作。」把東西塞回箱子裡，我決定下樓幫忙準備過年要用的東西。

要知道冥玥加上學長等於雙倍的威脅！

箱子啥的就管它去死吧。

忙忙碌碌弄到晚上後，我家總算順利地圍完了爐。

不知道是不是因爲我自己太過擔心，所以當什麼事情都沒發生、一大群人歡樂歡樂地吃完火鍋和一桌子菜餚時，我突然覺得有點怪異。

這麼平安和樂是眞的嗎？

說和樂其實也不正確，因爲沒有預料到會有那麼多小孩，我老爸在房間裝紅包時那張臉一整個心痛啊，讓我深深覺得可能挖掉了他大半的年終……其實他也不用包太多給其他人，我想學長他們大概沒想要錢吧，說不定包個一元復始他們就會很高興了。

不過稍晚一點，我和冥玥一起回了個超級大紅包後，我老爸看起來就好多了。

對家裡來說，我與冥玥都是有在打工和工作的，所以合包也算正常，不要去深究那個不正常的金額就好了。

「所以今天晚上你們要一起在這邊守歲嗎？」可能到現在還搞不懂爲什麼我一堆同學、

學長要在我家過年的老爸，環顧了整客廳的人問道。

「請伯父放心，等等我們也會去抓年——」

然直接微笑著抓住阿斯利安，捂嘴巴，「是的，姑丈你和姑姑先休息吧，接下來交給我跟冥玥就好了，點香和鞭炮我們都會。」

「而且本大爺也有準備娛樂了！」完全很放鬆地當作自己家的五色雞頭拿出了紅白機，連遊戲都自備……等等，你哪來的紅白機！你是要用紅白機打什麼東西啊你！

「你們先睡吧，年輕人守歲就好。」冥玥很簡單明瞭地打發了老爸。

「呃……不要吵到鄰居喔。」

於是，我老爸和老媽就這樣離開了客廳，在所有人的目光下走向了房間。

二樓房門一關，我就看見冥玥順手丟了個隔離法術上去，竟然就這樣直接把老爸、老媽與世隔絕了！爲人兒女的妳這樣做是對的嗎！

「好了，這樣就不會吵到姑姑跟姑丈了。」然繼續笑吟吟地鬆開手，放開了阿斯利安，「不過守歲要守過十二點喔。」

「守到明天的十二點都沒問題。」正在把玩紅包袋的黎沚很興奮地回答：「那麼接下來

要玩什麼？」

「哼哼！過年就是要打電動打通宵！連這種常識你都不懂嗎愚民！難道還有其他的娛樂嗎？」五色雞頭一腳踩到桌子上，掀著他的紅白機鄙視其他人。

打電動打通宵是你自己的常識吧。

冥玥拿起搖控器，轉了幾台新年節目，都沒啥興趣，就隨便停在某台，讓電視自己唱歌去了。

「撲克牌、下棋、麻將、四色牌……」黎沚還煞有其事地伸出手指在算。

「有人來了。」直接忽略了兩人的對話，從頭到尾都沒加入的學長轉頭看向客廳落地窗的方向。

我家外面突然轉出一圈陣型，接著跳出三個人。

「漾漾～～」

穿得非常喜氣可愛的喵喵站在外頭朝我們揮手，金色的髮配上紅色的小套裝實在是超級適合——又一個沒改毛色跑來我家的人，你們真的覺得被抓包無所謂嗎？

站在她身旁的是千冬歲，表情很不滿，估計他非常不想浪費時間來我家拜年，寧願把這個時間拿去找他哥。

另一邊的人就讓我倍感不妙了。

「老三！你來幹嘛！」指著根本不該出現在這邊的人，五色雞頭一把摔下紅白機，踢開了落地窗，發出咆哮。

「沒禮貌啊，叫三哥。而且我是來拜年的，你管不著啊。」黑色仙人掌陰森森地笑了幾聲，「而且不是說大家都說可以來嗎？」

……不、並沒有這樣說。

「漾漾！新年快樂！」喵喵很快樂地翻牆跑過來，還滿有禮貌地把鞋子放好，才從落地窗鑽進來。

接著我才發現原來萊恩有來！他整個都融進夜色當中了，如果不是跟在喵喵後頭踏進房子，我還真不知道他有出現！

本來就不怎麼大的客廳瞬間變得異常擁擠。

「快點進來吧。」已經開始招呼其他人的辛西亞非常友善地端出了水果和點心，一整個賢妻良母到不行。

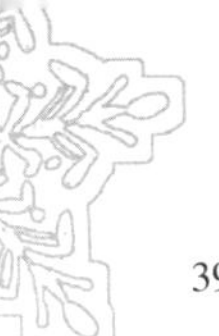

「對了，反正現在人也不少，不如拿那個東西下來玩吧。」望著滿客廳的人，然轉過來這樣告訴我：「有事做總比沒事好，不然要守歲恐怕有點難度。」

他講得很含蓄，根本不是有點難度，是存亡關鍵了吧！

是說那個東西該不會是講木箱吧？裡面又沒什麼東西是要怎麼玩？

「拿下來就對了。」似乎看出我的疑惑，然又微笑著再加強語氣講了一次。

有點狐疑，不過在對方堅持下，我還是快速地去把木盒子拿下來。

再次回到客廳時，五色雞頭已經把電視舉起來要砸他哥了，然後被喵喵他們制止，不然我家不知道是要趁夜換電視，還是要殺人埋屍──我看見冥玥都已經把幻武兵器拿出來了，一整個擺明「鬧事者殺」。

「既然現在人滿多的，大家一起玩遊戲吧。」清了清嗓子，然放大了聲音，終於讓室內所有人都注意到我們這邊。

「欸？那個喔？」五色雞頭掃了一眼我手上的木箱子，有種很不以爲然的口氣。

「的確如此，是很多人可以一起玩的遊戲。」端正坐在一旁的阿斯利安點點頭。

「開始玩了！」

黎沚和喵喵兩個直接撲過來，把我手上的木箱子搶過去打開——你好歹也是個黑袍老師，把你老師的一面拿出來行嗎！

木箱打開之後，還是我剛剛看見的那些東西：一張羊皮卷、一堆銀色小柱體。

「這是什麼？」我蹲在旁邊，看見其他人也都圍了上來。

「是遊戲啊，漾漾沒玩過嗎？」喵喵眨著可愛的大眼，用一種無辜的語氣問我，「適合很多人一起玩的遊戲，像這樣先做代表自己的棋子，接著大家一起做地圖就可以玩了。」

像是示範一樣，她拿起了一個小小銀柱，指頭般大小的銀色柱體幾乎瞬間在喵喵的手上融化，形成了一個和她很相像的小小銀色人形。

「是很多人都會玩的遊戲喔！」

❄

根據喵喵的介紹，我知道這遊戲大概類似某種走棋遊戲。

一開始我提出應該是類似大富翁的那種遊戲，然後馬上被五色雞頭打槍，還被削說那是啥鬼東西跟這個比！

總之，除了完全不想玩的冥玥以及然和辛西亞以外，大家都拿了銀色的棋，連學長也在喵喵起鬨下拿了，而且弄出來的棋子還莫名地很可愛。

「這樣大家的棋子就完成了，因爲是鬥盤棋，所以要一起製作大地圖，接著分成兩邊進攻就可以了。」喵喵的解說超級跳躍，一整個讓人還是有聽沒有懂。

「總之，這就是個叫作決鬥盤的遊戲。」千冬歲推了一下眼鏡，看在我滿臉問號的表情上，開口解救，「大致上類似走棋遊戲，所有人分成兩組，製作大地圖和確定代表角色之後相互對決，贏的就可以結束遊戲，然後可以要求輸方做一件事。」

這是懲罰遊戲嗎！

「連小孩子都會玩，所以難度不高。」千冬歲還補了這句。

……你們所謂的小孩子根本也不是正常小孩好不好！是誰說百句歌是要給小孩和抵抗力較弱的人玩與自保的，結果玩到可以毀滅整片的鬼族到底是怎麼回事！

正常小孩子殺傷力會這麼大嗎！

基於此前提，我覺得根本不能用正常人的角度來衡量這個遊戲，即使它再怎樣像一般的走棋，都不能輕忽大意！

「我也好久沒玩這個遊戲了，以前都和戴洛與幾個友人一起玩的。」邊這樣說著，阿斯利安邊打開了羊皮卷，然後皺起眉，「奇怪……」

「怎了？」拋著手上的銀色棋子，黑色仙人掌湊過去。

「這張大地圖已經被制定好了？」把羊皮卷翻過來給大家看，阿斯利安露出狐疑的神色，「我記得新遊戲應該是空白的？」

阿靠，那個小綠帽該不會給我二手貨吧！

「就算有人玩過，使用過一輪要重新玩的話，應該會再變回空白地圖才對。」接過羊皮卷，學長和千冬歲也挑起眉，顯然不太清楚爲什麼會是這樣子。

「這樣不正常嗎？」我有點怕怕地提出問題，在場只有悲傷的我完全不曉得這是什麼鬼東西，如果有問題我絕對會閃遠一點，才不會又被帶衰！

「似乎有點問題，但是棋子都已經做好了耶……」黎沚咬著手上的銀棋，露出很可惜的神情，「做好就要開始玩比較好吧。」

「去弄份新的來玩吧。」把羊皮卷丟給喵喵，學長看起來不像想玩有問題遊戲的模樣，

「把遊戲關掉。」

喵喵點點頭，手指在地圖上劃過，接著歪著頭，「奇怪，關不掉耶……喵喵不是第一個摸的人喔。」

全部的人轉過來看我，各式各樣的眼神和表情都有，害我當場嚇得往後跳開。

「漾~你有摸過嗎?第一個摸的人才可以關遊戲喔。」五色雞頭不知道從哪裡拿出鱈魚香絲，咬得滿嘴巴都是。

「是、是這樣喔?」怕怕地接過那張羊皮卷，不知道是不是我的錯覺，我總覺得上面的地圖好像變得有點清晰，與之前見過的又不太一樣了。

錯覺吧?

一切都是偉大的錯覺吧!

「在這邊壓過去，想著要關掉就可以了。」喵喵很熱心地告訴我。

「喔、喔好。」

跟著喵喵的動作，我把手往羊皮卷上一壓，但是回報我的根本不是什麼關不關的東西，而是從羊皮卷裡面瞬間張開了一大塊方形陣法，而且速度非常快，頓時裂開成好幾片，覆蓋到所有人身上。眨眼瞬間，完全來不及反應，不只是我，其他人看起來也一樣地錯愕。

「搞什麼鬼！」

「遊戲被啓動了！」學長一記凶惡的眼神殺過來。

在他的腳踢過來前，我突然覺得腳下一空，連驚叫都來不及發出，整個人突然掉到黑暗裡，瞬間啥也沒看見了。

因爲掉得太突然，以至於我根本不知道發生了什麼事，所以連後來冥玥與其他人的對話我也都不曉得——

❄

「終於安靜了。」

看著掉落在地面的羊皮卷和散落一地的銀色棋子，褚冥玥打了個哈欠，繼續轉電視。

原本擁擠的客廳瞬間空曠了下來。

「唉呀呀，希望沒問題才好。」白陵然端過了茶盤，開始沖起茶，「雖然不太明顯，不

過遊戲上好像被人下了詛咒。」只是對他來說，不算什麼危險就是，這點對其他有袍級的人來說也是相同，所以他才放心地讓他們進入遊戲。

「希望大家可以在裡面玩得愉快。」撿起了棋子，唯一有良心的辛西亞把羊皮卷攤開放在桌面上，小心地排列銀色棋子，「那麼，不曉得什麼時候會回來呢？希望不要玩得太過用力，如果把這裡毀掉就不好了。」

斜了友人一眼，褚冥玥揮揮手，隔離結界直接罩在羊皮卷上面，「這樣就算他們唉爸叫母拆遊戲燒空間，都不會影響。」大過年的，她才不想被一堆吃飽太閒的人打擾悠閒時光。之後再上門拜年的就比照這方法全丟進去就行了！

「那麼，我們就繼續守歲吧，還有很多事要做呢。」

❄

有時候，雖然不期待自己特別好運……

但是起碼不要還沒過年就衰啊！

根本不曉得發生什麼事，反正等我暈暈沉沉地醒來之後，才發現自己好像撞昏了，頭和手腳都有點痛。

按著腦袋掙扎地坐起身，我發現不知道爲什麼，我摔在某個看起來好像很眼熟，但是又好像是其他地方的地板上。

會這樣說，是因爲出現在我面前的是條街道，街道和建築我怎麼看都覺得很像學校裡的各種建築物和花園，但長得又有點不太對勁，在類似學校的建築物裡，還摻挾著很像某種國外中世紀時期的小住家、小店家般的東西，附近還稍微可以看到城牆頂端。

這又是什麼鬼地方！

我剛剛不是在家裡嗎！

摸著地板我才發現整片地面由某種碎石版組成的，很像電影裡會看見的那種國外街道。

接著我看見的是袖管，我的袖子並不是剛剛穿的那種普通素色T恤。

「這又是啥鬼啊！」拉著衣服，我突然有點腦袋空白。身上穿的完全不是自己平常會穿的衣服，感覺上好像是別人的衣服，但是又很合身，好像是我的！

但是我絕對不會穿得活像某種遊戲裡村民的衣服出來逛大街吧！

等等……

慢慢地站起身，環顧著四周，我驚悚地發現街道上還有其他人，但是驚悚的不是人，而是他們的打扮也很村民，就像某種角色扮演遊戲裡面，妖怪一巴掌打下去會死一打的那種村民——啥鬼啊這些！

難道我就這樣穿越了嗎？

「找到了！」

就在我驚疑不定，正在想到底要去找個高人幫我指引明路，看看可不可以破解現在這種鬼打牆的狀況時，身後突然傳來超耳熟的大叫，「漾漾！」

一轉過頭，看到喵喵遠遠便朝我招手時，我突然有股感動。

但是這個感動在看見她也穿著村民版洋裝後，徹底變成驚嚇了。

「看來這邊好像只有我們兩個到耶。」跑過來之後，金色頭髮上還有小花裝飾的喵喵歪著頭，露出了小小困擾的表情，「要去找到其他同伴喔，不然遇到攻擊就很危險了。」

「……這到底是啥狀況？」我覺得自己快腦死了。

「欸？就是遊戲喔，不過很奇怪，大地圖根本沒有制定好，遊戲陣營也還沒分好，遊戲

竟然就啓動了，喵喵也不懂。」喵喵聳聳肩，一把拉住我，開始在既熟悉又陌生的詭異街道上走，「不過看樣子，可能讀取了一點點誰的記憶，這裡有學校的影子耶。」

不用妳講我也看得出來啊，感覺很像學校和哪個城市整個扭曲在一起，看起來超級怪的……但是更怪的是居然還有點和諧。

是說我們學校的建築物本來就不太現代了，大概是因爲這樣所以才比較沒有突兀感吧。

「先去找前進的關卡吧。」喵喵指著前方，無限光明地如此說道。

「……關卡？」我聽錯嗎？

「嗯啊，這是走棋遊戲嘛，當然要先去找關卡，處理掉才可以前進啊！」

我還眞不知道走棋遊戲是要用自己雙腿走的！

「等等喔，讓喵喵先看看在哪邊。」喵喵抽回了手，拍了一下手掌然後左右拉開，一張半透明的地圖就浮現在空氣之中，上面還有好幾個紅紅藍藍的圓形點點，「這個是捷徑。」

妳在我面前直接開外掛嗎妳？

哪有人走棋遊戲還用捷徑的！正常應該是直接丟骰子開始走路吧我說……但是在這種狀況下我也不想跟著骰子走就是了，誰知道會走到什麼死人路。

不過既然喵喵可以在這裡打開部分地圖，那說不定我也可以試看看。

邊想著請賜給我地圖的同時，我也學了喵喵的動作拍了一下，接著拉開手，還真的出現了一層淺淺的地圖，顯示的是我們所在的這座小城鎮的區域，但是左看右看都沒有看見傳說中的捷徑這種東西，連喵喵地圖上有的那些色點我也沒有，就只是非常單純的一張地圖。

……好吧，對不起我不會開外掛。

「走吧，在這邊。」收起外掛，喵喵拉著我快速地就往街道的另一邊跑去，毫無猶豫，快到好像在跑她家的後院一樣。

有時候我真的覺得這些人根本不正常，可以在看完地圖後馬上記下來還一點不漏到底是怎樣！這根本不是正常人會有的表現啊！

那種「啊哈哈、對不起人家不小心迷路了」才是正常的吧！

就在我一邊自怨自艾一邊覺得大家都不正常的同時，喵喵的快步也停了下來，然後就這樣停在一間……公共廁所前面。

「到了。」看著手上的縮小外掛，喵喵指著廁所這樣說。

「關卡在裡面嗎？」看著古世紀的公共廁所，其實我覺得依照這些人的邏輯，就算異次元門口就在通往化糞池的路上我也不會太驚訝。

突然覺得自己可以這樣坦然以對眞是了不起啊。

「因爲喵喵是女生，所以漾漾打開進去吧。」指著廁所的布簾，喵喵很理所當然地這樣說。

因爲是男生所以要勇往直前先進去廁所死嗎？

有點想反駁，但是又覺得她講的沒錯，所以我還是乖乖打開了掛布，幸好一打開衝出來的不是啥魔獸還是什麼踏下去會死人的坑，而是一個沒穿褲子的金毛大漢倒在裡面，身上還穿著某種衛兵制服。

「請、請救救公主……」

大漢一把抓住我的腳，發出了死前的哀求。

於是遊戲就這樣正式開始了。

❄

「是這樣的，大概在幾天之前，西丘的魔王谷發生異變，住在那邊的妖魔抓走了我國的公主。」

沒穿褲子的金毛大漢被我扶正後，一把鼻涕一把淚地開始泣訴非常芭樂的情節，「雖然我國王子已經啓程前往拯救公主，但還是非常地危險。於是我奉國王之命，想要到鄰國尋求勇士的幫助，結果在路上吃到了不乾淨的東西，已經在這邊拉肚子拉三天了，我還以爲廁所就會變成我的人生盡頭……」

「西丘不是鬼族據地嗎？」我看著站在一旁的喵喵，很小聲地問著。

「遊戲嘛，大概不知道是誰的記憶和大地圖混在一起了，反正大概是個要救公主打魔王的任務。」喵喵瞬間甩出了夕飛爪，「那麼我們就勇往直前、打死魔王！贏得勝利！漾漾和喵喵就會成爲贏家！其他人就要服輸了啊哈哈哈哈！」

剛剛在說要按照關卡前進的到底是誰！

有人才在遊戲起點就直接跳到終點去把魔王打死的嗎我說！

而且喵喵我覺得妳在說其他人要服輸時的表情有點可怕，我記得輸家好像要做一件事吧……妳是想要別人幫妳做什麼事啊妳！

「所以兩位村民，可以麻煩你們幫我將這封信送去勇士的家，請求他前往拯救公主嗎？」完全無視於已經掏出武器要去幹掉魔王的村民A，侍衛土灰著臉，顫抖著雙手把一封信件遞給我們，然後連腳都發抖了，「我會報答你們的，這是路費。」然後他掏出一袋錢放在我手上，根本不給我拒絕的機會，大喊一聲馬上又衝回廁所裡劈里啪啦了。

喵喵把廁所的簾子放下來。

「好，殺魔王。」

妳是怎樣得到這個結論的！

我們兩個怎樣看都是村民的打扮，妳就要這樣越位去殺魔王嗎！這樣眞的可以嗎！

「所以我的任務就是被你們找到嗎？」

「嗚啊啊啊啊——」

被身後的聲音嚇了一大跳，我整個人往前跑了幾步才回過頭，這才看見不知什麼時候站在我們後面的人竟然是萊恩，身上還穿著與他超不搭的勁裝……衣服都還比他顯眼我說！

嚇死人了！

很明顯也被嚇到的喵喵瞪大眼睛，過了幾秒才恢復，「萊恩你什麼時候在這裡的？」

「……一開始。」還站在原地的萊恩比著我淡淡地說：「醒來之後我一直跟在你們身後啊。」

你是背後靈啊！

我再度有種萊恩去當暗殺者絕對是最佳人選的感覺。

「所以萊恩的走棋角色是？」歪著頭，鎮定後，喵喵開始打量對方顯然和我們完全不一樣的服飾。

萊恩指指我手上的信。

「勇士？」有這麼沒存在感的勇士嗎！

啊、我知道了，所以說我們找到萊恩，叫他正大光明地走去魔王後面給他一刀，一切遊戲就結束了！

「好像是。」萊恩聳聳肩，「和我們原本自己制定的棋子角色都不一樣。」

「不然萊恩你本來是想做怎樣的棋子？」等等，棋子是有身分的？一開始我也不知道我的棋子是啥啊？搞不好也是村民B而已。

「飯糰店老闆。」回答得無比認真，萊恩的眼睛突然從無神變成閃閃發亮，「我已經擔

任過好幾年了，只要在固定的地方收過路費和餐費就好了，可以一直在飯糰店裡待到整個遊戲結束。」

你是有心要玩嗎你！

這是啥鳥角色！

就在我用力腹誹友人時，小城鎮的街道突然傳來尖叫聲，一開始就只有一、兩個人，接著不斷擴大，變成整條街都迴盪著淒厲的叫聲。

「魔王出現了！」

逃命的人從另一端跑來，與我們擦身而過。

「來得正好！宰魔王！贏遊戲！」喵喵非常高興地跑過去了。

等等啊妳！我總覺得好像忘記什麼事！

黑暗開始降臨大地，整片天空快速地染黑，接著是非常大量的烏鴉啊啊啊地在城鎮上方亂飛亂叫，十足的魔王降臨場景。

他喵的到底是誰說這個遊戲沒危險性的！

是誰！

第一道黑色的雷打下來時，正好打在廣場上，就如同大家都知道的經典畫面一樣，附近的村民發出了哀號後全都倒下，像骨牌般整齊無比。

然後，廣場被打出了一個大洞。

在黑色的煙霧中，遠遠地，我看見了那裡面有三條人影。

「啊，千冬歲。」

看見了很眼熟的人影之後，喵喵停下腳步。

出現在我們面前、洞的中心點正好就是千冬歲、五色雞頭和黑色仙人掌三個人。

更令我感覺到不妙的是，他們三個都穿同一系列的經典黑衣……對，就是一看就曉得是邪惡一方的那種衣服。

接著我想起來，在玩這個遊戲之前才剛講過……這是一個對戰遊戲，雙方對決。

「哼哼哼，原來對手就是你們了嗎？」站在前面的千冬歲露出了非常陰險的笑，「這個爛遊戲竟然自己發動了，要知道我哥正在家裡等我回去，膽敢把我困在這裡浪費時間……我就打垮你們這些雜魚贏得遊戲！」

不要遷怒！

「看來這下可好玩了，贏的話我應該可以把輸家全部切了吧。」同樣是魔王一方的黑色仙人掌發出更陰險的笑。

「漾～看來命運是故意要把我們分開的，你趕快棄明投暗來本大爺這邊給本大爺罩吧。」

死目地看著五色雞頭，不知爲什麼，我現在突然有種他是敵對方眞是太好了的感覺——這代表我如果不小心揍到他可以不用手下留情的吧！

「萊恩，快點來幫我打贏遊戲吧！」魔王方直接朝我們這邊喊話。

萊恩看看我們，又看看千冬歲，然後想了想，接著緩慢地張開了嘴，發出了非常乾脆以及果決的思考結果——

「好。」

勇士在瞬間投魔了！

我看著據說應該是我方勇士的角色，完全無法置信。

有哪個遊戲的勇士會馬上投奔魔王的啊渾蛋！

「漾漾，快點保護自己！」

喵喵的叫聲太慢了，我在瞬間突然感覺到某種劇痛從腳底鑽上來，好像被電擊一樣整個人摔倒在地，一旁的喵喵也是跪倒，不過沒像我一樣整個癱軟。

「呼呵呵呵，受到同伴的打擊，你們兩個都得暫停一回合無法行動。」露出完全就是魔王的奸險之笑，千冬歲推了一下眼鏡，「趁你們兩個沒還手之力時，來去毀一毀這個城鎮，讓你們身家損失高一點，還沒出城門就變赤貧！啊哈哈！」

「乾脆把這個地方踏平吧！順便把他們的衣服都脫光燒掉，可以多暫停好幾個回合！」

五色雞頭更陰險！

「嘖嘖，果然是在遊戲裡面，完全沒有看得上眼的內臟。」已經開始在挑選村民的黑色仙人掌發出可惜的聲音。

「可、可惡，不快點阻止他們會破產……」喵喵發出細微的聲音，然後努力地掙扎幾下，但是跟我一樣完全動彈不得。

是說，我到現在還沒看見所謂的財產啊……

「走吧走吧，踏平城鎮宰掉他們，我們就贏了。」

就在千冬歲要和五色雞頭聯手剷掉整座城時，幾陣破風聲直接傳來，快速地將魔王群給逼得後退。

「嘖，這回合出現阻礙了嗎？」千冬歲發出了不爽的聲音，「算了，先撤退好了，下回合再來剿滅他們。」

我抖著身體，勉強地抬起頭，正好看見他們撤退消失的身影。

那個大洞附近插滿了銀色的短鋼箭，圍繞了一圈。

「你們在搞什麼鬼？」

循著聲音看過去，我在那秒好像眞的看到救星出現了——然後他下一秒就用鞋底板踩在我頭上。

學長甩了一下手上的長槍，帥氣地扣到後腰上，「看來這個遊戲很混亂，竟然變成獵人了。」

我從腳底板下掙扎出來往上看，果然看見學長穿著一身很像獵人的貼身勁裝，但是說真的還滿帥的，我都不知道學長竟然也挺適合穿這種服裝。

「在這邊幻武兵器不能使用。」看了喵喵手上的兵器一眼，學長這樣告訴我們：「似乎有人在遊戲上下了詛咒，比較大的法術也都全部被封了，只能用遊戲裡可以取得的東西和賦予的角色能力。」

原來如此！

難怪這個遊戲到現在還沒被炸掉，我就覺得奇怪嘛，剛剛千冬歲都會罵說浪費他回去找他哥的時間，卻沒有把遊戲拆掉，現在一切都眞相大白了。

咯咯咯……你們也有吃癟的一天。

我突然對這個遊戲印象不錯了。

「褚，你的表情讓我覺得你又在腦殘了。」

我看到槍口直接對上我的臉，連忙往後退開，「沒、沒有！學長我閉腦了！」還有獵人的職業不是殺村民的吧！你可以打動物、打魔物，就是不要把槍拿來對準村民啊！

盯著還不能動彈的我們，學長直接坐到一旁的小圍牆上，「總之現在目標很明確了，打敗魔王那邊把什麼該死的公主救回來，應該就可以結束整個遊戲。」

「欸……既然我們都在裡面，學長有看到其他人嗎？」除了剛剛千冬歲他們，我記得掉下來的應該還有阿斯利安和黎沚才對。

「有。」學長彈了一下手指，一張巨大的地圖出現在我們面前，而且與我之前看到的羊皮卷所示非常雷同，只是這張地圖更清晰了，「黎沚在另一座城市裡，阿利大概要到遠一點的山區，他們兩個掉的地方比較分散，不過應該也可以找到我們的位置，一邊移動一邊等他們自己來會合吧。」

我看著他的大地圖，也是滿滿的標示點……剛剛說不能用大法術卻大開外掛這樣真的對嗎！

「總之你們兩個快點去準備準備，快點結束這個該死的遊戲。」

被學長這樣一罵，我才發現不知道什麼時候，身上的麻痺和痛感已經退掉了，突然變得可以活動，便連忙爬起。

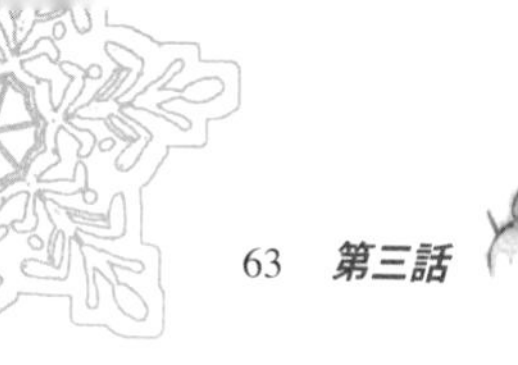

「如果角色是村民的話，大概附近找一下會找到可以用的裝備，不然就給我去買。」直接丟了一堆金條出來，學長囟狠地瞪著我們，「快點！」

看來他比千冬歲更想結束遊戲……一般獵人爲什麼會隨身攜帶這麼多金條啊我說！

喀噹一聲，聽說是獵人的學長再度把槍上膛，而且還指著我們。

「馬上去！」

我和喵喵連忙朝裝備店跑，而且學長還持槍跟在我們後面監視。

哪個遊戲是獵人強迫玩家升級的啊你告訴我！

萬一玩家想當和平的村民呢！

「對了，學、學長你本來想制定什麼角色？」爲了避免他眞的在我們腦袋後面開一槍，我試著和緩氣氛。

照學長的能力來看，應該是攻擊類別的吧？皇家騎士、戰士之類的好像都滿符合。

「……路人。」

「嗄？」我愣了一下。

「這種遊戲無聊死了，站到結束就行了。」

某種方面來說，你的意圖比飯糰店老闆更惡劣，一個遊戲充滿路人和飯糰店老闆是要怎麼進行啊渾蛋！

眞的活該你當獵人。

❄

拿著金條，我和喵喵各自在城鎮上更新了服裝和武器。

正常來講，剛出發的小鎮裡其實是買不到特高級的東西，但是在學長抄住老闆的領子把他提起來要釘牆壁之後，老闆就告訴我們他有走私皇家裝備和高檔貨，所以可以私下偷偷賣給我們。

……遊戲人物可以這麼人性化眞是太好了。

「嗯……這樣就夠用了。」換上了新衣服與裝備，喵喵轉了圈，甩了甩手臂，「喵喵拿到整套的祭司裝備喔！而且聽說這個是火龍皮做的，所以防禦力很高喔！」

看著喵喵穿著祭司服，不知道這個走棋遊戲是什麼心態，竟然還是配給短裙加大腿襪，

我一整個就不知道要把眼睛擺在哪裡了。

「漾漾你拿到哪種？」眨著大眼睛，喵喵歪著頭看過來。

「欸、欸好像……」我也跟著看向手上拿到的裝備，說真的，衣服似乎也沒有比我現在的好多少，就是比較精緻一點的普通服裝，據說耐燒、耐撞，另外就是一套給我也沒用的長、短刀和輕盔甲而已。

「加強版的村民嗎？」坐在一旁的學長瞇起眼睛，然後舉槍瞄準我。

「這是老闆拿給我的，跟我沒關係啦！」最好我會知道我拿到的是加強版的村民衣服啦！這個怎麼看都不像啥走私的高檔貨啊！你要射應該去射老闆才對吧我說！

「算了，大概就是這樣，走吧。」把槍甩到後頭，學長頭也不回地直接往通向城外的道路走去，根本沒打算在城裡逛逛繞繞，或是去觸發什麼關卡之類的，非常直接就踏上了遊戲之路。

但是根據我對他的了解，出去之後這個遊戲大概會永遠消失在世界裡吧？

城鎮外是一整片的樹林和山脈，看起來我們一開始進入遊戲的地方好像是較偏遠的小城鎮，就像很通常的故事一樣，起初都是從不起眼的地方開始，接著踏上了晉級打魔王的道路，只是我覺得這條路有點多舛；尤其眼前的森林全都是枯枝，看起來超級荒涼的，就算掛著幾片樹葉也都是早已變得枯黃的葉子，像是在象徵悲慘的命運。

要打的是千冬歲他們啊……

如果只有千冬歲就算了，裡面還有一個黑色仙人掌，那根本就是陰險程度直接加乘上去，外加萊恩一秒投魔了，搞不好走到一半我們就被切脖子也不意外。

有走棋遊戲是這種玩法的嗎！

到底是誰說沒有危險性啊！你們這個世界的小孩到底是怎樣！沒危險性的東西等級就是百句歌和走棋遊戲嗎！也太沒危險、太過安全了可惡！

「對了，學長你的槍好像也用得很順手耶。」我都不知道學長居然這麼會用槍，是說那眞的是槍嗎？剛剛射出來的東西好像是短箭，之前在電影看過類似的東西，射吸血鬼還是魔物用的。

走在前面的學長斜了我一眼，「因爲我是黑袍。」

……你嫌回答麻煩不要回就好了，幹嘛每次都要給我這句廢話。

「是說學長的槍不是使用子彈嗎？跟漾漾的不太一樣耶，而且還可以連發。」對於可以和學長一起行動，喵喵似乎顯得很高興，直接就走在一旁了。

「……有兩種模式，似乎可以切換成短箭和子彈型態。」學長拿出了長槍，先朝著旁邊的樹開了一槍，一記短箭打在上頭，接著他頓了一下，第二次開槍時已經變成一發子彈打在樹身上了，「擊發原理是內建魔法力場，直接產生箭與子彈，剛剛在遇到你們之前我從寶物之魔那邊拿來的。」

那個寶物之魔後來怎麼了？

雖然想這樣問，但是不敢眞的問出口。

走在後頭，邊聽他們有一句沒一句地聊天，在正式踏進只有滿滿枯枝的森林中時，我才注意到剛剛講的那些話裡面有一部分不太對勁。

被丟進遊戲的時候，我記得然、辛西亞和冥玥以外的人都中獎了，其中五色雞頭、千冬歲、黑色仙人掌跟萊恩都是敵對組的，目前我們這裡三個會合，根據學長之前講的話，黎沚和阿斯利安應該也是我們這方的。

按照這個遊戲的規則，應該是相關玩家的敵對進行式……那公主是誰？

只為一個遊戲人物？好像有哪裡不太對勁，但是應該已經沒有其他人可以擔任公主角色了。

……大概是我多心了吧。

反正也就這些人了，不可能又再冒出誰吧。

起碼我們這群裡面可以充當公主的喵喵已經在隊伍裡了，並沒有其他女生可以再當公主被抓，如果有，應該也是會瞬間拆牢籠的那種吧。

不過這樣一想，要救一個遊戲角色感覺也很沒勁，看來只能努力地抵抗千冬歲他們了。

邊走邊想時，我突然發現出了城鎮，氣溫好像降低了不少，像是要印證我的想法一樣，天空突然開始落下細細白白的東西，一摸，整個是冰的還在手上融化成水……下雪了！

難怪樹林裡只有枯枝！原來是冬天！

看著開始降雪的天空，學長的臉越來越臭了。

由此可見他們的外掛不能改變天氣！

就在學長的表情黑到一個極致，黑到我覺得他有可能放火燒山的地步時，從森林的另外那端突然傳來非常淒厲的尖叫聲，接著是不小的騷動聲，很快地，樹林裡竄出了好幾道黑色影子，將我們團團包圍。

這就是傳說中，遊戲世界裡只要踏出城鎮，必會被魔物攻擊又順便練等賺錢的定律嗎！

圍繞著我們的幾頭黑色大狼發出了不友善的吼叫聲，頭上還有顆紅色的眼睛，一看就知道是魔獸。

看吧，這就是不先在城鎮裡面繞繞聽從警告，所以一出來就遇上突襲了；如果這是網路遊戲八成已經被秒回重生點了。

樹林另一端的慘叫聲還在持續，似乎那邊也有人被這樣攻擊，叫得還很慘、很連環，按照正常狀況說不定我們應該兵分兩路或是殺過去救人。

「好像又是遊戲關卡耶。」喵喵偏著頭，和我想到的是差不多的事。

冷冷掃著想撲上來咬死我們的七、八隻魔獸一眼，學長完全沒有要兵分兩路的打算，甚至也沒對我們打聲招呼，瞬間抽出了身後的槍。幾個聲響過後，那幾隻魔獸就像炮灰一樣全滅倒在我們前面，身上還滾出金幣。

鐵板！

哪有人遊戲一開始等級就這麼高！

照理來說應該很辛苦的對戰到底在哪裡！不是應該很艱辛地打完魔獸升等，或是體會到不得不救人的掙扎，以及和同伴在遊戲中充滿熱血地齊聚一心嗎！

我深深爲了魔獸狼感到悲哀。

牠們大概也沒想到身爲三、四級的魔獸，會在一開始就咬到三、四百級的玩家……這根本是犯規！犯規啊！

學長你本身就是個BUG吧！沒有人這樣玩的啦！

「走。」看也不看魔獸一眼，學長直接朝發出淒厲尖叫聲的地方走去，還不時朝樹林裡開槍，根本來不及衝向我們的其他魔獸全都倒地，非常快地開出了條血路。

照這種氣勢，應該就這樣一路踏平到魔王區了吧我說。

「學長在我們這邊眞是太好了。」喵喵捧著面頰，高高興興地跟上去。

眞的……眞的太好了。

他不是魔王方眞的太好了！

風雪中，我感動落淚。

追上學長他們之後，我還看見一台大馬車。

像是經過了什麼慘烈的抵抗，馬車四周散滿血肉模糊的屍體……是說從尖叫到學長輾平魔獸群走過來還不到五分鐘，你們全滅得未免也太快了！

我停下腳步時，四周的魔獸也全被宰了，而且路口還有一隻看起來好像等級高很多的大型獅獸，同樣被一槍打中要害，正躺在一邊抽搐，底下還掉出了不知是啥寶物類的東西。

直接從獅獸上踩過去，學長收起槍，在一堆屍體裡拖出個活人，「你們要幹什麼？」快狠準，連慰問都省了。

「……我們、我們從商店街來……要將過年的用品送到……湖之鎮……」

湖之鎮不是消失很久了嗎我說。

好吧，現在是在遊戲裡，什麼都有可能。

那個活著的人在喵喵稍微治療之後，又斷斷續續地開口，「這批用品一定要送去湖之鎮……旅人啊，我的女兒剛剛被魔獸抓走了，聽說……魔獸的巢穴在附近的山區裡……請幫我救回女兒……」

「剛剛沒看到你女兒被抓走。」學長皺起眉。

說真的，他一路踏過來連首領都瞬間秒掉了，我想魔獸應該也沒時間抓人吧……

就在我也有這種疑惑時，天空突然傳來尖叫聲，接著我們看見本來除了雪之外啥都沒有的空中，突然出現了一隻飛行魔獸，腳下還抓著一個少女，出現之突兀，完全不合常理——

你個遊戲自己失誤了還可以硬來嗎！

把人丟開，學長直接端起了他的神槍，砰砰砰地連開三發，上頭還沒飛遠的魔獸發出慘叫，接著連同那個少女一起墜落。

比掉下來的速度更快，學長轉換了槍匣，一箭射過去，正好射穿了少女的衣服，把她釘在樹幹上免得摔死。

接著他收回槍，轉回去揪住剛剛那人，「救完了。」

說真的，如果這個遊戲有意識，我覺得它現在應該都眼神死了。

學長你到底想不想讓遊戲發展下去！一般應該是勇往直前地闖魔窟救人，然後被千謝萬謝後才繼續進行到下一個關卡吧！

不過學長的槍法真的好準，我都不知道他槍技這麼好，比起幻武兵器是槍的我還好上N倍，讓我都慚愧了。

「學長要對女孩子紳士一點啊。」看著掛在樹上尖叫的少女，喵喵很認真地發出譴責。

冷哼了聲，學長轉回去看那個人，「接下來要幹什麼？」

看來他眞的很想破關離開，都已經不擇手段了。

被抓住的人張開嘴巴，發出了幾個音節，突然翻白眼，直接昏死。

……這是遊戲裝死嗎？

有遊戲不能接關後自己裝死的嗎！

我靠！

「現在要怎麼辦？」看著已經昏掉的關卡，我有點緊張。

「上面那個弄下來繼續問。」學長非常沒有人性地這樣告訴我。

鬼啊！

有鬼在這裡！

你根本比魔王還凶殘吧你……不對，現在魔王是千冬歲他們，說不定凶暴等級差不多。

「不可以欺負女孩子喔！」喵喵皺起臉，指著學長，「不能這樣，不管在遊戲裡還是外面，都要對女生溫柔才可以。」

「嘖。」在喵喵的禁止下，學長只好打消了抓人繼續盤問的念頭，然後轉向了大馬車，用槍托打壞鎖之後打開了車門。

裡面裝了滿滿的節慶煙火和一些民生用品，還有很應景的年節食物。

鑽進去在裡面翻了半天，退出來時學長手上已經拿了一封信，「下個要去的地方應該是湖之鎮，這裡有王族的信，跟關卡有關。」

喵喵跳過去，接了信打開來看，「唔……這個也是國王的公主被抓了，所以請求湖之鎮裡的勇者幫忙。」

看來應該沒錯了。

不過我突然有種感覺，按照遊戲流程，說不定這封信應該是等我們去救回少女之後，昏死的那個人感謝我們過後，會說啥「你們眞是勇敢的人，希望幫個忙送信給湖之鎮的勇者」之類的……正常應該是這樣才對！

學長你把遊戲搞得和搶劫差不多幹嘛啊！

那個眞的在搶劫的人從車裡拉出了三件看起來很昂貴的斗篷，分別丟給我和喵喵，「走吧。」接著自己把斗篷披蓋上身，避掉了漫天的雪花。

「呃……把人丟在地上和樹上好嗎？」看著還在尖叫的少女與已經昏死的人，我有點遲疑。雖然是遊戲，但是這樣做眞的不太好吧！會不會凍死啊？

冷冷看了我一眼，學長把地上的人提起來丟進馬車裡……是說那裡面不是塞滿煙火嗎……接著又朝樹開了一槍，那個少女掉了下來，高度不高應該沒有危險，可能會痛一點就是。

撿起地上魔獸首領掉的寶物丟給喵喵，學長逕自往某個方向走了。

「眞是的。」接住了寶物，喵喵快步地跟著跑上去。

這個遊戲眞的沒問題嗎……

看著滿地的遊戲屍體，我覺得有點毛毛的，也快步跟了上去。

因爲完全沒回頭，所以也沒看見在我身後那些魔獸屍體發生的異變。

像是雪般，死亡後的魔獸慢慢融入地表，將開始積起薄薄白色的大地融開了一塊。

然後，從那裡慢慢地，走出了形體。

❄

「在湖之鎮那邊的應該是黎沚。」

走了一段路之後，學長突然這樣開口告訴我們，「信件指示的方向與地圖標示一致。」

太好了，如果黎沚是勇者就安了，起碼他不會一秒投魔。

接下來，有一小段時間我們都是悶頭不斷地在山間和樹林裡趕路，有時候會在路上遇到其他魔物或是想搶劫的山賊啥之類的，但都葬身在學長的槍下，無一倖免。

唯一用到喵喵祭司法術的時機，就是在肚子餓和腳痠時，幫我們恢復遊戲中的體力……那種叫作ＨＰ的東西，看來遊戲裡的復元方式和外面不太一樣，真的很累時就不得不停下來了，照他們說法就是休息一回合。

然後完全沒用處的我只能悲傷地跟在後面趕路。

就在休息回合時，可能真的多少有點疲倦的學長和喵喵也沒趕得那麼匆忙了，另外就是雪也越下越大，連路都變得非常難走，所以就乾脆在一座小農村裡落腳休息。

農村裡掛滿了彩帶和帶子編織而成的星星，看起來非常熱鬧。

「這幾天是過年，人人都會佩上幸運物，是我們村莊從以前流傳下來的習俗，可以驅凶辟邪、新的一年能夠非常好運，也請旅人好好休息喔。」在向農村婦人問路時，對方也在我身上別了一樣的彩帶星星，很客氣地說著。

看著遊戲人物走掉，被學長從旅館踢出來到處繞繞問消息的我有瞬間迷惑了。

這個遊戲的人物看起來眞的都很眞實。

平常在玩遊戲時能夠很自覺地知道這些都是假的，但是爲什麼現在這樣面對面看起來卻像是眞的？

遊戲結束以後，這些人物就不會存在了吧？

摸著胸口上的星星，不知道爲什麼我有種複雜的感覺。

「狗狗、狗狗在哪裡？」

結束我的恍神的是細細小小的叫聲，一轉過頭，我看見一個打扮樸素、紮著小辮子的女孩挽著竹籃子，在白雪街道上走來走去，「大哥哥，有看見我的狗狗嗎？小小的，是白色的狗狗。」

「呃，沒有，不好意思。」尷尬地往後退開，那個女孩子卻朝我走過來。

「可以陪我找狗狗嗎？」

完蛋！這是觸發任務吧！

玩過好幾次遊戲的我當然知道這是什麼狀況。

但是我更知道觸發下去，等等就會被學長擊殺了！

就在我猶豫之際，那個小女孩靠了過來，抓住我的手，小小的手心有點冰冷，但是可以感覺到溫暖，「拜託你，我聽說大哥哥是從森林的另一邊來的，那裡很多魔物，可是哥哥毫髮無傷，一定是很厲害的人，可不可以幫我找狗狗？」

妳誤會了，很厲害的人是旅館裡的學長，一路走來只有魔物趴的份，他老大像是台勇往直前的砂石車一樣筆直地輾到這邊來。

雖然這樣想，但是那個淡淡的暖度實在讓我狠不下心推開。

「我、我想，妳的狗應該是天氣太冷所以回家了，我先送妳回去好不好？」找狗可能會觸發尋找任務，找下去一定會花時間，浪費時間可能會被打，我只好想個折衷的辦法。

女孩的表情看來有點失望，不過還是同意我的話，「沒關係，我自己回去就好了，家在村口那邊，謝謝大哥哥喔，我叫作米莎，要來找我玩喔！」

「好吧，路上小心喔。」想了想，我拿出了金幣放在小女孩手上，因爲找不到紅包袋只好這樣給她，「新年快樂，這是大哥哥給妳的壓歲錢。」

「壓歲錢？」女孩偏著頭，有點不了解，「跟幸運物一樣的意思嗎？」她指了指我身上的彩帶星星。

「呃，一樣吧，反正都是吉祥的意思。」

女孩露出可愛的大大笑容，「嘿嘿，謝謝大哥哥。」

說完，她就快步跑掉了，邊跑還不忘向我揮手，小小的身影馬上就消失在村莊另一端。

目送她離去後我才放下手。

總之，這只是遊戲而已。

「外面的雪好大喔。」

看著窗戶外從深夜開始轉大的雪花，喵喵拉起窗簾，又添加了柴火到壁爐裡，「不過明天應該可以繼續前進吧，通常暫停回合不會太久。」

其實我一直很想問，你們到底是怎麼知道那個所謂的暫停回合？用啥當依據？自體外掛嗎？

在房間另一邊的學長坐在椅子上，靠著椅背閉目養神。

似乎因爲大雪的關係，所以旅店客滿了，剩下這間大房間給我們用；四張床是鑲在兩面對立的牆壁裡，中間還有拉簾，大致上來說男女生合住還不算太唐突，只是小客廳得共用就是。

是說我另外還有個疑問，也不知道遊戲裡的時間怎麼算的，在這裡面走走停停也有兩、三天了，照這樣算下去，該不會等到我們從遊戲出來都可以吃潤餅了吧！

「遊戲裡的時間流逝和外面不一樣。」據說在閉目養神的學長突然丟出來這句話，接著又完全不鳥人了。

學長，我實在是很懷疑，你到底還有沒有偷聽啊！

之前說光看我的臉就知道我在腦殘什麼，最好是你現在閉著眼還可以看得到！你用什麼眼在看啊你！

神之眼嗎！

盯著整個裝死的某獵人，我突然覺得自己有點累了。

在整個房間都安靜下來之後，某種吵鬧的聲音從下方和外頭傳進來，聽起來好像是很多人一起吵鬧玩樂的聲響；木造的房間隔音效果其實不太好，所以就算房間位置已經在角落了，還是可以聽得很清楚。

「對了，喵喵聽說旅店今晚有過年聚會，原本在外頭的廣場舉辦，不過下了好大的雪，所以改到這裡了。」整理著裝備和行李，喵喵這樣告訴我們，「而且還有很多活動喔！會持續到村裡的新年那天，既然都已經進到遊戲了，漾漾跟學長要不要去看看不同的過年？」

「我免了。」對過年什麼的完全沒興趣，學長揮揮手。

「那我們下去看看喔！」噔噔噔地跑過來抓住我的手臂，喵喵很興奮地抓著我往外拖。

雖然我也不是不想看，但是起碼問一下我的意願嘛……算了。

出了房間之後，走廊上也裝飾了許多彩帶星星，星星的顏色大多都是黃色和綠色，聽說是象徵結穗前後的色彩，然後再用不同意思的顏色彩帶來裝飾。

一路走到旅館大廳外，裡頭已經塞滿了人，除了櫃台比較空曠以外，所有地方滿滿都是村民，嬉笑打罵或是大聲唱歌，用力踏著地面的聲響如雷般，連桌上也有穿著大蓬裙的少女們隨著音樂跳舞，熱鬧非凡。

才剛一踏進大廳，就有人塞了滿滿一大杯麥酒給我和喵喵，上頭的泡沫整個多到滿出來，香氣濃郁得一聞便感到有點醺。

「也太多人。」連忙依樣畫葫蘆地把杯子又塞給不認識的旁人，我甩甩滿手的泡泡和酒，有種不知該怎麼擠進去的感覺。

說眞的，光是這樣看就不太想進去了，難怪學長寧願留在房間裡睡大頭覺。不過某方面來說，眞的很熱鬧，即使只是遊戲的場景，但光這樣看著，也跟著有點歡樂了起來。

隨著節奏拍著桌子、跳舞然後歌唱，大杯的酒或飲料灑得到處都是，每個人身上都有食物及酒的香氣，這種同樂氣氛和我們那邊的文化不太一樣，雖然之前出任務時曾在許多地方看過不同的慶祝方式，但每次見到還是覺得很新鮮。

「這個慶祝會一直持續到年終喔，不過最後新舊年交界的那一晚大家都得待在家裡，等待舊年不好的神祇走了，神殿的鐘聲敲完後才可以出來慶祝新神到來。」看我們兩個不是本地人，站在牆邊喝酒打節拍的某個農家阿姨這樣告訴我們，「旅人啊，如果你們不趕時間，可以在這邊待到年慶結束，新年的第一天，神官會以淨水幫村人洗去塵埃，用全新的身體迎接新年喔。」

「不好意思，我們在趕路呦。」喵喵微笑地這樣回對方，然後轉過來朝我吐吐舌，「不可以觸發任務。」

看來她和我有一樣的共識——不要觸發任何事情來浪費時間。

接著喵喵拉著我，艱難地在一群跳舞的人之間擠到了勉強可以站人的牆壁邊緣，大概看我們是外地人，有兩個好心的大叔把位置讓給我們坐後，便拍了下旁邊農家姑娘的屁股擠進大廳中心了。

我們位置一旁桌上，沾著很多食物碎屑及飲料殘渣，另一端也是不認識的村人，接著又有大盤大盤的食物被放在桌上，壓住了那些殘渣，還有兩大杯飲料被匡地一聲擺在我和喵喵眼前。

「為一年之末慶祝，旅人不用客氣。」

露出大大的笑臉，圍著圍裙的女性用手上的抹布隨便擦了兩下桌面，然後拿走空盤子，又鑽回了人群裡。

在喧鬧聲中，一名看起來平凡無奇、臉上甚至還有許多雀斑的女孩被推上桌，亞麻色的衣服還印上了幾個斑點，大概是在熱鬧中被濺到的。

女孩被拱上台後，也不太緊張，還非常大方地朝後頭幾個演奏者一拍手，「獻給過去一年的豐饒之神，豐富了生命以及我們的所需。」

「以及敬所有。」

幾乎是一致的動作，村民們舉杯相碰，到處都是木杯對撞的聲響。

然後，女孩緩緩地開口——

春季時播種，那時所剩的麥酒還不多；
夏季時除蟲，混著清水的麥酒不夠多；
秋季時摘穗，下工時只望麥酒能添多；
冬季時豐收，家家户户的麥酒到處多。
我們耕耘一年就望落雪之冬，
圍繞爐火、拋去工作，
拿出醃肉、大口享受。
喝不起銀幣酒、釀不起高級酒。
那又如何？
織造的女神眷顧你我著裝，狩獵的女神讓獵物捨肉，稻穗的女神讓作物結實，守護的女神讓孩子行走。
吃不起富貴食、做不起高級餐。
那又如何？
春之女神讓我們詠唱青芽，夏之女神讓我們嬉笑戲水，秋之女神讓我們牽手舞蹈，冬之

女神讓我們共同團聚。

睜開眼睛看見的是世界，下床踏著的是家園。

農莊人們不奢求，一杯酒、一盤肉，一個好冬加上親人朋友。

然後明年這時候，再唱這首歌。

眾人詠唱的冬之歌。

我站在門邊。

因爲大雪的關係，即使是旅店也是將大門關上的，冷空氣從門縫裡吹進來，就算知道是遊戲，還是很眞實地感受到那種冷度。

大廳裡還在繼續喧鬧，現在時間應該是晚上快十二點多了吧，聽說大概還會再鬧一陣子，然後才散會。

「漾漾會不會累了啊？」

剛剛離開不知道跑去哪邊的喵喵穿過層層人群，又鑽了回來，「好像會鬧得很晚喔。」

「欸、是有一點，想說差不多也該上去休息了，不然學長找下來就不好了。」雖然只是在旁邊看，不過因爲唱歌跳舞的人群有點散亂，所以連本來可以坐的位置都沒有了，還要隨機移動，一個晚上走走停停還被押著吃喝，說眞的也是滿累的。

「走吧走吧，喵喵也累了。」

邊這樣說著，喵喵邊拉著我，向旁邊的人道過謝之後終於擠回了走廊通道，然後走一小段後她才開口，「剛剛喵喵打聽了一下，聽說很遠很遠的魔王區那邊，最近也有很多村鎮淪陷了，魔王群擴張得很快喔……所以喵喵在想千冬歲他們的任務說不定是佔據領地之類的。」

眞是很難想像，到現在爲止我還是覺得敵對方有點可怕。

這讓我想起了之前悲慘的大運動會，那時候連夏碎學長都是敵對方，不知道該說幸還是不幸，這次被扯進遊戲的人沒這麼多，不然光想我就眼神死了。

……對了，那時候千冬歲也是完全沒留情地想打垮我們啊！

我現在才突然想起這件事，所以這次遊戲如果沒有搞好，一定也會被他給打死的吧！

這瞬間，我感受到非常切身的危機。

就在我一整個陷入驚悚之際，某種冰冰的東西突然抵在我的頭上……冰冰的……

「嗚啊！學長你幹什麼！」一抬頭就看見槍管，我整個被嚇了一大跳，已經不是驚悚可以形容了。

「有東西接近了，準備好應戰。」收回了手上的槍，學長看了我們兩個一眼，「這麼多回合，也差不多要來了。」

所以說你們的回合數到底是用什麼在計算的啊？

「是說要不要走遠一點，這裡還滿多人……」

我的話被學長給瞪掉。

「漾漾……你……」喵喵有點擔心地看著我。

「總之快點去給我準備好。」直接朝我的頭打下去，學長露出了「再猶豫就要把我腦袋擰下來」的凶惡表情。

「欸、欸好！」抱著腦袋，我也不敢再多講什麼，連忙朝房間逃竄回去。

是說我要準備什麼我也不曉得，根本都是學長在打啊，就算來別的東西應該也是瞬間被他幹掉……我到底應該要準備啥啊我說？

準備隨時被他誤認成敵人幹掉嗎！

披上斗篷之後，一旁的喵喵也把祭司的裝備都準備好了。

慢一步進房間的學長直接打開窗戶，挾著大片雪花的風颳了進來，本來被壁爐烘得暖暖的室內瞬間變得極度低溫，連爐火都越來越小，幾乎要熄滅。

揮了一下手上的法杖，喵喵看著爐火，那裡轉出了一道熱度，將爐火重新燒旺，但是還是不足以抵擋大雪。

「還有點距離，看來必須主動了。」看著窗外張開手，壁爐的火焰跳動了幾下，一簇火光像是流水般順著氣流飛舞到學長的掌心上，「走吧。」說著，他將火往外丟，那簇火焰像是有自己的生命，在大雪中燃燒，爲我們照明了外面的道路。

不過因爲半夜雪大，其實有沒有照明都差不多，怎樣看都還是一片雪。

拉緊了斗篷，看著學長跳出窗戶，我也只好硬著頭皮跟著跳出去。

後面輔助的喵喵可能用了什麼職業性的法術，在我們離開房間之後，斗篷上突然開始發出微弱的光，同時也漸漸不那麼冷了，像是把冰雪都隔絕在外面。

走在前面的學長就和之前一樣，活像裝了什麼災難偵測雷達般，就算風雪再大，他還是筆直地朝自己的目標走去，毫無猶豫與停頓，讓我覺得說不定他本身有內建ＧＰＳ之類的東

西……不然正常人沒道理在遊戲裡或是正常世界裡都可以這樣啊！

求求你偶爾迷一次路吧學長！

就在我這樣想的時候，該獵人突然停下腳步，手上的獵槍還打橫擋住我們，「差不多是在這邊，對方派來的攻擊物。」

看吧，竟然連別人派來的東西都可以知道在哪裡，這讓我深深體會到，說不定出國旅遊不可或缺的就是學長，除了可以保平安外還可以當導航，只是一路上會有點痛就是。

「褚，你是想被埋在凍土裡嗎？」攔人的槍管直接打在我頭上，因爲氣溫很低，打起來還特別痛。

「對不起，我閉腦了。」捂著頭，我還眞怕他第二管又打下來……不要動不動就拿槍打村民啊，一個稱職的獵人該打的不是村民啊我說！

話說回來，他也把魔物打得一隻不剩就是。

「你們兩個站好不要亂動。」瞇起眼睛，懶得再追究我在想啥的學長突然開口，接著甩過了槍，直接朝大雪中開了幾發，遠遠的某處傳來了相應的悶哼聲；不過在打到之後學長並沒有收手，立刻又轉身朝不同方向再度開槍，連續的動作讓我和喵喵知道敵人的數量絕對不少。

打過一輪後，學長才暫時頓了下槍。

呼呼的風雪聲響中挾帶了很多不自然的聲音，幾乎已經把我們完全包圍了。

抬手抓住剛剛帶出來照明的火焰，學長將手放在前面吹了下，那團火瞬間熊熊燃燒了起來，下一秒他將火焰甩出去。幾秒過後，脫出的火直接炸開來，把大雪和積雪的地面全都融化，同時也映出我們的對手——

很多白色長毛的人形東西。

之所以會說是東西，是因為那個長毛一路從頭頂長到腳底，比黑色仙人掌的蓋臉式還要過分，根本是用白毛把全身都裹起來了，移動時只能看到毛在動，完全看不到裡面的身體。

與其說是人形，還不如乾脆說像長毛的棒狀體來得貼切。

就是這種東西把我們團團包圍起來，數量非常多，地面上也倒了不少，都是剛剛被學長打掉的，現在一看，顯然只打掉一小部分而已。

「雪怪嗎？沒想到這麼手下留情。」學長掃了周圍一眼，在雪又開始降下時甩了下長槍，朝接近我們的幾隻長毛再度開槍。

「奇怪，這樣不像是千冬歲的作風啊……」看著圍繞的對手，喵喵也發出和學長類似的疑惑，「喵喵還以為會更陰險一點。」

不然千冬歲在妳心中到底有多陰險啊我說！

「大概要花一點時間，褚，自己小心。」

「咦！」這是叫我自己看著辦的意思嗎？

等等我現在沒有幻武兵器、也不太會用遊戲給的刀具，我只是個比正常人強一點點的村民B而已啊啊啊啊啊啊——

就在我想著要不然乾脆努力逃命時，整個地面和天空瞬然一震。

那種震動的感覺很不尋常，不是普通的地震，是連空氣都在搖晃，但是怪異的是，襲擊我們的長毛與還在屋裡慶祝的村民們好像都沒有感覺，照樣各做各的事，攻擊的攻擊、慶祝的慶祝，完全沒有人對震動有反應。

反射性地，我抬頭看向天空。

一個巨大的三角連結陣法在空中亮了起來，幾乎是一瞬間的事，從那裡射出了很像流星的東西，朝著大地四面八方不同方向而去，其中一個就往我們這邊砸飛過來。

「有人進入遊戲了。」

「漾漾！小心！」

在我呆呆看著飛過來的那團東西時，一旁的喵喵直接把我撲倒，幾秒後那個東西正好擦過我剛才站的位置，轟地一聲撞擊在地面上。

這眞的是進入遊戲的方式嗎！

正常人類應該都摔死了吧！誰會用這種方式進入遊戲……等等，該不會我也是這樣掉下來的吧！難怪我會昏倒，沒死都算命大了啊！

這是什麼遊戲啊！人類和隕石是兩種不同的東西，難道分不出來嗎？

連忙跟著喵喵爬起來，我努力要看看是哪個衰鬼用這種方式掉下來。

還在冒煙的地上被砸出了好大一個洞，然後有人緩慢地從那個洞裡站起身，這讓我有點不平衡，沒道理我掉下來昏倒，這傢伙竟然還保持清醒！

在看清楚是誰之後，我剛剛的抱怨瞬間都變成無言了。

「該死的東西！」從坑裡爬起來的某黑袍一起身就是狂怒狀態，然後彈動手指，整個就

是要炸了遊戲的氣勢。

如果是平常，這個遊戲大概從裡到外都被炸爛了吧。

但是很可惜，在這種連學長都沒辦法爆掉它、也不能用幻武兵器的狀況下，不管這個黑袍彈多少次手指，都只有彈指聲而已，沒有平常那種爆炸聲。

「不用試了，聽說大法術和幻武兵器都不能正常使用，新年快樂啊，王子殿下。」

看著被丟進來的摔倒王子，不知道爲什麼我突然有點心情愉快了。

一臉還搞不清楚狀況的王子瞪大眼睛，還不相信地又多彈好幾下，這才確認眞的無法發揮他的炸彈專長。

「這是怎麼回事！」怒氣沖沖地朝我就罵，摔倒王子似乎比我還不進入狀況。

「遊戲啊……難道你沒有玩過決鬥盤的走棋遊戲？」歪著頭，我看他的表情好像是眞的不知道……該不會他是眞的沒有玩過吧？

等等，照摔倒王子之前的人緣來看，說不定眞的沒玩過！

我不知該高興還是要覺得他可悲了，原來守世界裡竟然也有人和我一樣完全不知道的！

「什麼鬼東西！」摔倒王子的怒斥讓我完全確定剛剛的猜想。

「你怎麼進來的？」看著驚疑不定的摔倒王子，站在一旁的學長終於開口詢問。

「對啊，王子您是怎麼進來的？」我也很疑問，照理來說這個遊戲應該在我家吧，如果到遊戲裡應該就是進了我家，但是摔倒王子沒事到我家幹嘛？

你在過年想來我家殺人嗎！

我跟你的仇恨有這麼深嗎！

「戴洛說阿利在你家，那個惡魔說誰都可以來你家，難道我不能來找人嗎！」摔倒王子很理直氣壯地開口。

並沒有誰都能來我家！

你們到底是怎麼散播謠言的！爲什麼從大家可以來我家拜年變成誰都可以來我家了，我家不是公園啊！沒事還來散步觀光是嗎渾蛋！

「……惡魔？」在內心咒罵了一輪之後，我才注意到他剛剛說的某個辭彙。

「那個惡魔還有莉莉亞、你們那個班長也一起來了，我只是剛好遇到。」摔倒王子黑著臉這樣告訴我們，「然後巡司說拿了棋子才可以找到你們。」

接下來我差不多可以猜到了，絕對是冥玥讓他們製作棋子之後，把人全部踢進來了。

雖然是我姊，但是也太狠了吧！

「所以除了你之外，還有另外三個人也進入遊戲了？」學長挑起眉，只撿自己需要的部分聽。

摔倒王子點點頭。

這麼說，奴勒麗、莉莉亞和班長也都在遊戲裡面了？

剛剛的隕石下墜中也有她們？

無視於包圍著的白毛群體，學長環著手想了想，接著抬手打開了大地圖，上面出現了無數光點，「……麻煩，只有休狄王子和莉莉亞是我們這方。」

也就是掉下來的兩個黑袍有一個是魔王軍嗎……但是我最怕的是班長啊！

班長竟然在千冬歲他們那邊，這是要不要讓人活啊！

爲什麼不乾脆讓摔倒王子跟班長對換，我寧願和黑袍爲敵，也不想和班長爲敵啊！而且剛剛學長說麻煩，也是覺得班長在那邊會很棘手吧！

「你是什麼職業？」似乎放棄了麻不麻煩的問題，學長重新轉過頭，仔細地打量摔倒王子。

因爲剛剛被嚇到，所以我也沒仔細看對方，現在也跟著轉過去看……然後看見了和對方完全不搭的鬆垮垮服飾……

「吟遊詩人？」喵喵拍了一下手，直接說出對方被遊戲設定的角色。

看見鬆垮垮的衣服，腰部還掛著小琴，我馬上同意喵喵的猜測。

摔倒王子臉都黑了。

「去死！」

接著，他摔琴了。

❄

「把衣服脫下來。」

就在我無良地偷偷嘲笑摔倒王子時，他突然轉過身，一把抓住我的領子。

「嗚啊！就算脫了你也不能穿吧！」瞬間感覺腳都離地了，我連忙掙扎著跟他講理。摔倒王子比我大隻很多，穿下去直接變成爆開的衣服了吧！

摔倒王子鬆開了手，臉色非常地陰鬱，「這到底是什麼鬼東西！」

問得好，我也很想知道，因爲我和你一樣第一次來到啊，同伴！

「既然人都到了，等等找個裝備店換掉就好了。」頓了下槍，學長甩掉槍口上殘餘的熱煙……熱煙？

我一轉過頭，整個震驚了。

就在我們這邊拉扯打鬧摔琴的短暫時間裡，那些白毛棒狀物已經全都倒地趴街，淒慘地被大雪緩緩覆蓋。

學長你還眞是一點都不浪費時間，難怪你會這麼早就考上黑袍，人生眞的不要這麼急才好啊，很容易提早……

「褚，你是又有什麼意見嗎？」剛剛拿來打垮一堆雪怪的槍口馬上指向我。

「沒、啥都沒有！學長你多心了！」我現在覺得他的幻武兵器是另一種槍眞是太好了，如果是這種槍，我大概早幾年剛入學時，就被腦袋開花不曉得幾次了我說。

「喵喵覺得我們還是快點先離開這裡吧。」打斷了我們這邊的僵持，站在一旁的喵喵拉拉我的手，「好像因爲有人進入遊戲的關係，所以地圖又改變了耶！」

順著她的視線看去，我果然看見剛剛待過的農莊不知為何多了很多不一樣的建築物，地形也有點跟著改變了。

與我們不同，住在裡面的人仍然毫無感覺。

很快地，農莊在擠壓變形後，改變成規模較小的村莊，飄雪也開始逐漸減緩了。

一回過頭，剛剛被學長殲滅的雪怪群消失得無影無蹤，連個渣都沒有留下來。

「走吧。」盯著還在變動的村莊，學長拉好斗篷，快步地朝某個方向前進。

看摔倒王子好像還不是很進入遊戲狀況，外加面色不善，我連忙推了他一下，「快點走吧，下一個地方應該可以換裝備。」一路上打來的寶物和錢也夠多了，讓他從吟遊詩人轉職成別種身分肯定不是問題！

摔倒王子惡狠狠地瞪著我，活像要把我從骨頭爆到外皮一樣，眞慶幸他現在不能打開他的炸彈模式。

吟遊詩人……

眞可惜阿斯利安沒有在這裡啊！

不過換個方向想，如果在，大概摔倒王子會更想扭死我吧！要知道他絕對不會去扭阿斯

利安，但是肯定會遷怒把我整個人扭過三百六十度轉斷回來。

拉緊了斗篷，我連忙跟上去。

夜晚之後是天明。

在喵喵連續幫我們施展幾次輔助法術後，我們總算是連夜趕到下一座城市。

途中學長又打開了大地圖一次，似乎眞的和新進入者有關，大地圖的地形變了不少，除了輪廓還稍微維持著第一次看見時的模樣外，一些城鎭都有了更動。

本來還要再趕一段時間才能到達的城市也縮短了不少路程，這點來說還算幸運。

……因爲如果再不到，我懷疑對自己衣服很有意見的摔倒王子會狗急跳牆到把我給剝了，他很可能寧願當一個衣服太小的人，也不想當一個衣服鬆垮垮、飄來飄去的吟遊詩人。

進城之後，摔倒王子第一個衝裝備店。

大概等了幾分鐘後，他終於脫掉那套吟遊詩人裝，換了一身比較正常的服裝出來，但是臉色好像還是很不好看。

「轉職了嗎？」

因爲沒有人要開口問他，我在學長的瞪視下只好先開口。

「嗯。」冷冷地丟給我一個單字，摔倒王子戴著同裝備的手套。

「轉成什麼？」該不會也是比較高級的村民之類的吧！

「……」摔倒王子凶狠地瞪了我一眼，啥也沒講就大步走開了。

因爲他的服裝有點普通，雖然和村民不太一樣，但是看起來也不是什麼特別職業者，所以他的反應讓我覺得很奇怪。

後來在大家討論接下來該怎麼辦、順便向摔倒王子解釋遊戲時，我偷偷地溜進裝備店又詢問了一次。

那家裝備店只提供兩種職業裝備。

一種是舞蹈家，一種是廚師。

我完全沒種問摔倒王子到底是選擇哪一個。

「湖之鎮差不多就再半日路程就到了。」

上前時，剛好聽到學長告訴其他人這句話作結束。

「所以繼續趕路嗎？」喵喵歪著頭，詢問。

「對！」

看著非常想早點離開遊戲的學長，不知道爲什麼他這種趕路法一直讓我想起某句話……是急著投胎嗎？

其實一路下來，我們也遇到不少觸發任務，除了村莊找狗之外，路上又遇到幾次被魔獸襲擊的人，但就算魔獸升級了，還是被學長直接斃掉，有啥被抓走的、被搶走的，完全按照之前的處理模式，然後遊戲角色也如同之前一般，一一地裝死掛掉。

就某點來說，這個遊戲眞的滿人性的。

逃避現實啊！眞是要不得啊！

邊這樣想時，我一抬頭就見迎面走來幾個村民，都是婦女裝扮，挽著菜籃或頂著水壺，邊走邊聊天討論著——

「最近魔王領地很不平靜呢，眞是糟糕的新年。」

「是啊，附近好像有幾座城鎭已經和魔王達成協議，似乎在經濟上出了問題，不得不妥協呢；也有城市已經被收購，成爲魔王領土了。」

「唉呀，國王因爲公主被抓，完全不敢反抗魔王，連王子殿下都行蹤不明啊……」

「聽說魔王領地開出利多的商業條件，所以也引來不少沒良心的人想嘗試合作……」

「哎啊啊，聽起來還眞恐怖，就算有利益，但是和魔王合作也很危險吧……希望不要蔓延到這邊來，太可怕了，希望女神保佑今年會是個好年。」

我看著她們走過去，腦袋裡響起了危險的警鐘。

這絕對是班長搞的！

絕對是！

竟然在遊戲裡都不放過賺錢的機會！

同樣也聽到這段對話的學長和摔倒王子、喵喵交換了一眼。

「這下糟糕了，看起來千冬歲他們的任務好像眞的是擴展領土。」喵喵有點苦惱地皺起眉，「歐蘿妲肯定會在最短的時間攻陷所有城市，把錢全部變成自己的，面臨經濟危機，城市就不得不全面投降了。」

這點比起踩平城市還有效。

如果班長封鎖了經濟和城市的話，這樣我們連要行動都變得很困難了！

所以我才不想與班長爲敵啊！不要把經濟制裁這招也用在遊戲裡啊——

「總之把那個什麼鬼公主的救出來，我們就可以先結束遊戲了。」完全不管經濟危機的學長冷冷地開口：「走吧。」

學長說的也是啦，先救到人應該就贏了。

就在學長繼續擔任帶路者，才剛走沒多久時，他突然停下腳步，直接甩出了長槍擋在身側。

幾乎在同一時間槍身發出了某種碰撞的聲響，接著是閃瞬即逝的火花，然後有人翻身往後跳離，避開了學長的子彈。

「萊恩！」

看清楚跳開的是什麼之後，喵喵指著對方大叫：「可惡！你竟然來暗殺我們！」

……已經變成暗殺者了嗎？

不知道什麼時候接近我們的萊恩，已經換了套比較不顯眼的暗色系服裝，頭髮也沒紮，手上拿著的是他慣用的雙刀兵器。

「歲要我阻止你們行動，能砍幾個就砍幾個。」很老實地說明他的任務後，萊恩甩了一下刀子，打飛了朝他臉射過去的短箭。

「壞人！你本來是我們這方耶！」喵喵踱了腳步，很不滿地指控加脅迫，「我要跟莉莉亞說！你糟糕了！我要跟莉莉亞說你不想和她同一隊，所以跟千冬歲跑了！」

萊恩頓了一下，「呃……不然不砍死，讓你們無法行動就好了？」

其實我很認眞地覺得，妳不如威脅萊恩說讓他一個禮拜買不到餐廳飯糰，他大概馬上就棄械投降。

「還有一個月不幫你買鳳凰族的特製飯糰！」

「嗚！」萊恩鬆開了手，刀落地，然後整個人悲劇性地失去戰意跪倒了，「不行啊……最重要的就是每個禮拜三鳳凰族特製的旅行飯糰……」

原來飯糰比莉莉亞和千冬歲重要。

輸給飯糰都不知道該不該生氣。

「哼哼哼哼！你敗了！」扠著腰，喵喵很得意地俯瞰著聽說應該是我們好朋友的暗殺者。

我總是在很奇怪的地方看見喵喵很奇怪的另一面。

「欸……現在怎麼辦？」看著學長，我提出疑問，總不能讓萊恩一直跪吧！

「對戰輸了就暫停一回合，可以放著不用管。」收回了長槍，學長看了我一眼，「不然宰掉也可以，反正遊戲裡應該是不會眞死……大概。」

會假死嗎？

萬一眞的死了怎麼辦啊！

你們之前不是才在說這個遊戲有問題的嗎我說！起碼也考慮一下玩家的性命安全啊！

「對了，你們的任務是什麼？」在欺壓朋友之餘，喵喵還記得重要的問題：「不講就兩個月不買。」

某方面來說，喵喵其實還滿狠的。

萊恩捂著胸口，一臉深受打擊，但是他也不想兩個月拿不到特製飯糰，所以馬上就回答喵喵的問話了，「任務是……抓住公主之後侵略一半的大地圖就贏了。」

「果然。」喵喵點點頭，「所以我們是救出公主和阻止魔王。」

還眞是夠明確的老梗任務！

❄

據說連續兩次遭受打擊的萊恩受到暫停兩回合的行動封鎖。

最後我們就把他丟在原地，繼續往不遠處的湖之鎮前進。

「既然他們會讓萊恩來，再來後面應該陸續有很多阻礙了。」還是走在最前面的學長邊走邊這樣告訴我們。

比起之前的樹林，離開城鎮之後，我們踏進了一大片荒原，比起視野不佳的森林，荒野倒是好多了，起碼一眼望去還滿清楚的。

「至少他們沒有拖油瓶，這點對我們不利。」

不知道是不是我的錯覺，我總覺得摔倒王子這句話整個針對我……別忘記現在你是廚師！好吧，就算黑袍廚師比我強，但是你也還只是個廚師啊你！

「對喔，漾漾的職業也還不曉得耶，難道是刀客？」與我並肩的喵喵提出了這個疑問。

我也想知道啊，但是搞不好真的就只是比較強的村民B，不然哪種職業會穿比較好一點的村民服裝帶兩把刀的？

復仇或討債的村民嗎？

「我想大概只是村民吧……」對著喵喵尷尬地笑了下，「就那種會有刀可以防身的村民之類的。」但是最可悲的是我大概有兩把刀也沒辦法防身，我根本沒學過用刀啊……只知道菜刀可以切菜。

「嗤！」

學長，不要看笑話！

「比起這些事，你注意到了嗎？」對我是不是村民完全沒興趣，幾乎只和學長說話的摔倒王子停下腳步，而同時，學長也止住了步伐，兩人同時朝不同方向看去。

「嗯，被包圍了。」

學長抽出長槍，看著什麼都沒有的荒野。

摔倒王子一把抽出我的刀……等等，刀是我的耶！

凶狠地瞪了我一眼，擺明就是咬定我不敢對他幹嘛的摔倒王子連刀鞘都拔走了。

……我會讓給他不是因爲他是個黑袍廚師，而是我不會用刀，所以多一把少一把都沒有關係，只是這樣而已！

不過拿起刀之後，摔倒王子的表情意外了一下，但馬上就把鞘別在自己身上擺出警戒姿勢，也不知道有什麼問題。

「好像有點不對勁耶。」握著法杖的喵喵左右張望著：「看不到任何東西。」

看著他們全都警戒起來，我也跟著努力靜下心，仔細感覺周圍。的確有某種很不尋常的氣氛，而且還有像是被人盯著的視線……到處都是，狀似有很多東西在看著我們一樣，但是荒野上卻空無一物。

難道最近的蟲或螞蟻或泥鰍，進化到可以包圍人了嗎！

如果是這樣，我還眞沒話說。

「快離開！」似乎猛然驚覺到些什麼，學長突然用力把我們三個都推開。

幾乎在他動作之後的下一秒，原本平靜的荒野突然爆出許多土條，直接把還在原地的學長給包圍起來，連快槍攻擊都沒用，接著摔倒王子、喵喵和我身邊也同樣炸開了土塊土條，將我們全部隔離開。

「這次又是誰？」我連忙看著還是完全沒人的荒野，不知道這次來攻擊我們的是哪個傢伙，千冬歲、黑色仙人掌還是惡魔？

「遊戲意識。」

轉頭看向那個已經快被包得看不見的學長……

我就知道！

遊戲終於來尋仇了嘛！

我就說人不可以太超過，你看你害遊戲都接不了關還要關關裝死，現在遊戲終於爆發了！這根本是想排除BUG的自我保護模式啓動吧，你個黑袍BUG！

雖然始作俑者是學長，但是顯然遊戲意識針對的是我們這方所有人。

幾乎在短短幾秒後，我就陷入一片黑暗。

然後寂靜下來了。

❄

再度醒來時，已經是不知道過了多久之後的事。

首先意識到的是有點熱鬧的聲音，好像在不遠處有很多人在喧譁還是玩鬧的感覺，接著是全身上下的痠痛，那種好像三天沒睡覺在做苦工的疲憊感和肌肉疼痛，莫名一直湧上來。

「嗚……」

「醒了就不要裝死。」

接著是完全沒良心的人一巴掌從我頭上打下去。

「……王子殿下，好歹我也只是個正常人吧？」捂著現在更痛的頭，我整個人蜷起來。

大概完全不知道良心是什麼東西的摔倒王子哼了兩聲，然後就沒再管我了，也不知道在幹什麼。

等痠痛稍微退去之後我才爬起來，發現這次是倒在很普通的磚地上，一起身發現身邊都是很普通的小房子，像是國外小城鎮……等等，湖之鎮？

看著眼熟到不行的挑高房屋，我整個人驚嚇了。

懸掛著許多裝飾的屋子，建造方式就和我以前看過的一樣，非常熟悉，只差在這個湖之鎮的人很多、很熱鬧，到處都有人走來走去、互相打招呼，街道與街道之間也都有亮晶晶的裝飾品，看起來充滿了生氣。

如果那時候湖之鎮沒出事，應該也會像這樣慶祝著新年吧？

「欸？學長和喵喵呢？」我站起身，左右張望，除了根本不想與我打交道的摔倒王子之外，完全沒有看到其他人。

「不知道。」摔倒王子冷冷地甩了這三個字給我。

「……」

難道你就不會開外掛地圖來查一下嗎？

很顯然似乎眞的不會查的摔倒王子看起來還是很焦躁，我想我大概要感謝他沒把我丟著自己走掉，不過也可能是因爲這位仁兄人生地不熟的，也不知道要死哪去，只好在這邊等我清醒解釋所有的狀況。

看著人來人往的街道，我仔細想了半晌。

暈過去之前遇到的是遊戲意識的攻擊，這樣說起來，學長跟喵喵應該是被丟到別處去了……我想一個遊戲應該也不可能把學長給怎樣，在怎樣之前這個遊戲應該就先被怎樣了，所以最壞的狀況大概就是學長被扔出遊戲了。

然後我們這邊就剩下完全不可靠的摔倒王子。

「嗚……」前途黯淡啊……

「現在要去哪邊？」

在我爲遊戲前途默哀時，唯一剩下來、現在在我旁邊的黑袍廚師很不客氣地開口。

「呃……我記得黎沚好像在湖之鎮這一帶，先找到他可能會比較好。」起碼他會玩這個遊戲，肯定也能用大地圖外掛找到其他人，比起完全沒玩過的摔倒王子可靠多了。

「是嗎？帶路。」

……我可以找個廁所之類的地方把摔倒王子給丟了嗎？

不要這麼理所當然地命令我啊可惡！

好不容易這次擺脫掉五色雞頭，現在又來了個自認老大的傢伙是怎樣！難道我的人生已經變成被奴役的人生了嗎！

「我也不知道要往哪裡去。」用力忍下來想再對摔倒王子發出新詛咒的想法，我很平穩地告訴對方這個事實。

「……」摔倒王子完全沒有任何表情，就這樣盯著我看了三秒，接著轉頭、離開。

現實的傢伙！

是說我記得來湖之鎮好像是要找什麼勇者的，如果是遊戲的勇者，應該問路人就多少能找到線索吧。

先不管自行亂跑的摔倒王子，我隨機在路上找幾個路人詢問。

大概遊戲裡設定的時間是新年的關係，這裡的路人與上一座村莊的村民一樣都還滿客氣的，不太提防外人，問了幾個之後便得到了相關訊息。

「勇者的話的確有，好像前幾年從宮廷中退役，就住在西大街的地方喔。」某個帶著孩子的婦人這樣告訴我。

「聽說勇者和團隊曾合力打倒過龍，現在已經退隱了，不過還是經常在湖之鎮外收拾妖魔。」某個路過的男性如是說：「不過那也沒什麼，如果我再年輕一點，有個好團隊的話，兩頭龍也可以收拾。」

拿到地址之後，我沿著湖之鎮開始尋找。

其實來到這裡還算滿幸運的，因爲好歹曾來過湖之鎮幾次，這裡的建築位置幾乎沒有受遊戲影響而更動，所以還算好找。

重點是，這個遊戲竟然有自動翻譯，從一開始我就發現了，不管是對話還是文字交流幾乎都沒有障礙，某方面來說眞的很體貼，讓我幾乎感動得想噴淚了……要知道一個通用文字只有初階程度的人是很辛苦的，到現在我還沒升中階啊我。

大約在二十分鐘後，走完整整五條大街的我終於找到了那個傳說中住著勇者的房子。

……看來黎沚的遭遇比我們好，還有房子可住，而且還滿氣派的。

敲了幾下門之後，裡面傳來有人應答的聲音，接著門扉被嘎地一聲拉開。

「欸……」

意外地，站在我面前是個白髮蒼蒼的老頭子……老先生，「不好意思，請問一下，是不是有一位勇者住在這邊？」

老先生慢慢地抬頭看我，過了好幾秒，才終於發出一個單音，「嗄？」

「……請問這裡是不是有一位勇者？宮廷卸任的、以前曾參加屠龍！」看著可能是管家

還是僕人的老先生，我還刻意把音量放大了些，以免他有重聽還要搞很久。

「喔、我啊。」老先生用食指指著自己。

「……你主人？」

「就是我。」食指抵著皺皺的下巴。

……

不是吧！

我不知道遊戲會催人老啊！難道黎沚你已經被陷害成這樣了嗎！

看著指著自己的老先生，我絕望了。

「噗——哈哈哈，漾漾你的臉好有趣喔。」

就在我完全絕望之際，一陣笑聲從我上方傳來，讓我差點罵出聲。人家在絕望時不要隨便打斷啊可惡……

「欸？」

抬頭一看，我看見房屋的屋頂上趴著個人，好死不死還就是我要找的人，剛剛被我以爲變成老頭的某格鬥黑袍。

自顧自地在屋頂笑了幾秒之後，黎沚直接翻身跳下來，穩穩地落在老先生旁邊，「我還在想要不要出門去找你們了說，還等滿久的。」

……那你就來找啊！

看著黎沚穿著一身簡便的服裝，看不太出職業，但是直覺不像攻擊系，因爲身上完全沒有任何凶器，「等等，所以我要找的勇者到底是？」

「是他喔。」指著老先生，黎沚朝我又笑了一下，「這位是我扮的角色的爺爺，他是皇家騎士，也是個勇者，而且還和旅團一起打倒過龍，因爲年紀大了所以從宮廷退役，現在已經不管事了喔。」

「呵呵呵，這是年輕人的時代，讓年輕人開創未來吧。」配合著黎沚的話，老先生很和藹地笑著。

剛剛是有年輕人快把遊戲都開創掉了，然後造成遊戲翻臉，現在已經不知道把人丟到哪裡去了。

「可是遊戲關卡好像是要找到勇者耶，因爲現在魔物很多，皇家和貴族都想找勇者一起

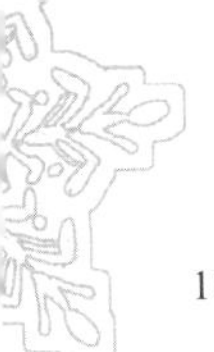

對抗魔王。」結果我找到一個老老的勇者，他還叫我們自己去開創未來。

「就讓我的孫子隨你們一起上路吧。」露出了完全理解我困擾的笑臉，還很堅持要完成遊戲賦予的使命，老先生完全無視於台詞合理性，硬要把自己的台詞唸完：「雖然只是個很年輕的孩子，但一定可以在旅途上幫上忙的。」

……你是哪裡看到你「們」，明明就只有我一個人！

這個遊戲睜眼說瞎話的程度太高了，我肯定遊戲意識已經被學長氣到吐血，決定無論如何都要堅守演完的使命。

「紛鬧的亂世，一定要讓年輕的孩子去平定啊！」老先生握著拳頭，眼神都發光了。

「爺爺啊！」黎沚很感動地握著老先生的手，「我一定不辱我們家的名聲，絕對會成爲偉大的人回來的！」

我覺得站在旁邊都想挖鼻孔看戲了。

不要跟遊戲一起熱血啊！

「所以，現在可以出發了嗎？」也不知道他們兩個要握到什麼時候，我很冷靜地詢問。

「請等等。」

終於放開黎沚的手，老先生慢吞吞地走回屋裡，再出來時，手上拿著一個長匣子遞給黎沚，「這是過去我們打倒龍之後得到的寶物，爺爺知道你生平不喜歡血腥與刀劍，這個東西應該是最適合你的了。」

不喜歡血腥與刀劍嗎？

我斜眼看著某娃娃臉黑袍。

「啊，謝謝爺爺！」很歡樂地打開匣子，黎沚高高興興地從裡頭拿出一根短杖，接著一甩，長度突然變得比他還高一些，「這個眞好，一定會、很、有、用、的。」

我完全不想知道他所謂的很有用到底是哪裡有用，反正在黑袍手上，就算只是根掃把也會很有用。

不過這樣看起來，黎沚應該是法師了！

「要好好成爲有用的戰力喔。」

「我會的！」

於是大概又眼神死地站在一旁等他們告別十分鐘後，我才順利帶走黎沚，與他一起踏上大街。

邊甩著杖讓它一下變長一下變短玩著，黎沚在聽完我的全程簡述後才開口：「原來如此，所以現在我們要直接去打魔王，把他們種在地上，把公主救回來，就可以打贏了嘛！這樣就上吧！」

你和喵喵是同一種思考模式到底是怎麼回事？

「是說學長和喵喵現在不知道在哪邊，你可以找到他們嗎？」決定忽略掉想興致勃勃衝去打魔王的閃亮眼神，我咳了聲。

現在知道遊戲意識也是會抓狂的，要是黎沚又搞得和學長一樣誇張，恐怕又會被丟第二次。我並不想成爲遊戲的黑名單啊！

「應該可以，可是玩遊戲這樣好嗎？」歪著頭，黎沚用某種純潔到不行的眼光看著我，讓想要求外掛的我突然有種罪惡感，「就算是玩遊戲，也要腳踏實地才可以得到樂趣喔，雖然只是小小的遊戲，但是透過努力，也會有成就感的。」

重點是，這並不是小小的遊戲啊。

被他盯到良心開始隱隱作痛，我都覺得剛剛要求他開外掛找人，是非常強人所難的要求了。

「快點給我找！」

就在我有種想要真的腳踏實地的錯覺時，黎沚突然哀了聲抱住後腦，不知啥時站在我們身後的摔倒王子，黑著臉收回剛剛狠狠彈了人家後腦的手指，「你是想在這種地方浪費多少時間！」

我說……難道你一路跟蹤在我後頭嗎可惡！

「好啦好啦，好痛喔，最近的年輕人都不喜歡好好玩遊戲了嗎？」一邊咕噥著，黎沚按著後腦，一手打開了與學長一模一樣的大地圖，比較不同的是上面的標註記號，除此之外沒什麼特別差異，「咦？附近還有一個人喔。」

「誰？」摔倒王子瞇起眼。

我記得阿利據說是在有點遠的山區，附近的話……難道是莉莉亞？

看著一旁的摔倒王子，我有點不確定他們到底會不會相見愉快。這個遊戲的難度已經夠高了，我並不想下半場在兄妹的瞪視下進行啊！

「是敵人，好像快接近了。」指著大地圖上某個快速移動的紅點，黎沚這樣告訴我們，「根據追蹤指標來看，應該是惡魔，而且他們也知道我們在這裡。」

啊……我們的遊戲原來也快告一段落了嗎？

看著極速衝來的紅點，我突然有這種感覺。算了，現在怎樣都好，快點來把我們痛宰一頓，然後回到現實世界吧。

「看來這是關卡了。」收起大地圖，黎沚仰頭望著開始劇烈變化的天空。

一樣察覺到不對勁的居民也開始騷動起來了，原本的些微聲響，接著變成了尖叫，在天空逐漸染黑之前，所有遊戲角色已經開始拔腿狂奔，想找個安全的地方藏住自己，不被妖魔傷害。

地面上不知何時開始瀰漫起一層黑色的霧氣，幾秒後，霧氣中不斷立起骨架，黑色的人類骨頭眼眶中有著紅色光芒，像是有自我意識般瞬間入侵城鎮，握著刀開始追殺來不及逃遠的人們。

「如果這個關卡有章節名稱，應該會取名叫作法師的初戰之類的吧。」甩著長杖，黎沚露出了微笑，「以我爺爺屠龍勇者之名，絕對不讓妖魔降臨大地！」

下一秒，長杖的頂上發出了光芒，接著我們的正上方出現了大型魔法陣，轟地幾聲巨雷在空氣中奔騰，快速瓦解了地上的骷髏兵。

捽倒王子同時揮出從我這邊搶去的刀，準備應戰。

「來吧！」

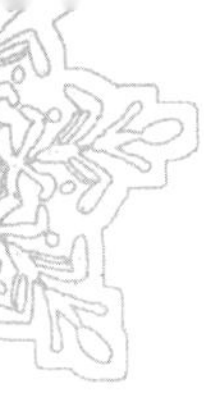

這種時候，我可以在旁邊看戲嗎？

看著幾乎可以對敵方進行全體攻擊的黎沚和根本不務正業、完全可以應對來襲骷髏兵的某廚師，一整個閒著沒事的我左右張望了下，想找個可以坐著喝茶的地方。

不過因爲居民逃的逃、關門的關門，根本沒有什麼能讓人納涼的角落。

於是，我只能站在盡量不會妨礙到他們的角落，看著黎沚持續用大型攻擊術法把骷髏兵打成灰塵，然後摔倒王子揮著從我這邊拔走的刀將殘餘的骷髏打成碎片，兩人合作無間，完全沒有讓人插手的餘地。

我突然覺得，某方面來說，黎沚也沒有比學長好到哪裡去。

最好是沒有開外掛還可以持續這麼久的全面法術攻擊！有玩過的都知道，法師用個幾次大型魔法就會耗光魔力，廢掉去旁邊灌藥了啊！哪可能這樣劈里啪啦地打個不停，打到骷髏兵都已經出來第五輪了，卻可悲地都還沒成形就灰散了。

「呼！有點累！」在第六輪的骷髏兵煙消雲散之後，那個沒術法使用量限制的傢伙，露出了某種好像剛下田拔完雜草還是除完蟲的辛勞嘆息聲，還把法杖夾在手邊，一臉有點辛苦的模樣……但是骷髏兵比你們更辛苦啊喂！

正常來說應該讓骷髏兵先去追村民，追到尖叫連連後再出手對付，在這種時候魔王才會威風凜凜地降臨吧！

你們眞是一群難伺候的玩家！

就在我爲骷髏兵抱不平的同時，那個據說快要上場的惡魔終於到了。

就在黎沚興致勃勃地想再來個第六次施法時，空氣中突然發出連串電流聲，幾個聲響後猛然爆開，將兩個黑袍逼開好幾步，接著某個我們很熟悉的人就從裡面登場出現了。

「嘖，用人家本來的力量出場還比較華麗呢。」踩著黑紅色的電流，那個在現實本來就是惡魔的某黑袍非常不悅地抱怨，「還有這是什麼電流系東西啊，我的翅膀也打不開，魔獸也召喚不出來，用原本的力量我還可以把天空整個屏蔽呢，眞是跟不上力量時代的遊戲。」

妳再抱怨下去會被遊戲意識幹掉喔我說。

還有妳對自己人是想用什麼恐怖魔獸啊！

站在空中高處的奴勒麗差不多自顧抱怨完後，才高高在上地俯視我們，「好了，那麼我是雷之魔王，代替黑暗組織來收服你們這些不乖乖臣服魔王的愚民，歸順者會好好疼你，不歸順者一樣會好好疼你，不過會比較痛。」

……妳確定在有痛覺之前不會先沒命嗎？

「提問！」黎沚突然舉起手。

「嗯？」奴勒麗把視線轉向了黑袍同僚。

「請問魔王全部有幾個分類？」很認眞地看著魔王，黎沚擺出好學生乖乖請教的姿態。

「這樣喔，原來你們都沒有去問那個啥啥村民嗎？」拋了一記媚眼，惡魔甩了一下尾巴，一屁股坐在雷電上，「雷之魔王、炎之魔王、水之魔王，另外三個是暗殺者、魔商人和魔將軍喔。」

暗殺者我們已經知道是萊恩了，剩下幾個人……

魔商人應該是班長，另外兩個魔王很可能是千冬歲、黑色仙人掌和五色雞頭其中兩個我想，不過依照這個遊戲存心想整我們的亂分配，其他人還是不要亂猜會比較好。

「大概就是這樣，所以看你們要乖乖地歸順我方，還是被打死吻。」把玩著雷電，奴勒麗朝我們露出了蠱惑的微笑，「因為遊戲好像把魔王方設定得比較強，在大家都不能使用平常的能力下，目前對付你們還算輕鬆，而且你們的人似乎也沒有全都到齊嘛。」

……其實我現在在想，該不會遊戲是魔王方那派的吧，沒道理他們就沒有遇到什麼阻礙，我們這邊就被遊戲意識驅逐啊。咳，說不定我們是真的有那麼一點點超過，但是相較之下我們這邊超級不利的。

「唔，說得也是，一般玩到這個程度應該有不少隊友，這可眞糟糕啊。」黎沚露出有點傷腦筋的表情，然後舉高法杖，「所以目前就只能先抵抗了，既然是玩遊戲就要盡力玩，鹿死誰手還不知道呢！」

「這樣說也沒錯。好吧，既然這次身為魔王，那我也只好用力地把你們打個半死，然後給所有想反抗的居民一個警告囉。」張開了手掌，一道閃雷直接打在奴勒麗掌心上，接著往四周跳開，在空中拉出驚人的雷陣，覆蓋了湖之鎮的上空，「愚蠢的人類們，做好覺悟的準備了嗎？」

看著閃光中的惡魔，其實她不用裝就是魔王了。不過看著看著我才發現到與平常不太一樣的事情。

照理來說平常看見黑袍等級認真起來時，會有種難以形容的巨大壓力，還沒對抗氣勢就先被壓低一半，不過從進入這個遊戲開始，都沒有這種壓力感，我還算可以自由活動不受阻礙，就不知道是因爲遊戲的關係，還是身爲黑袍的幾個到現在都沒有認眞玩遊戲的關係。

說眞的我比較希望是後者。

我寧願他們是沒有認眞在玩，眞的！

「不要擋路。」用一種你眞的很礙事的目光瞥了我一眼，摔倒王子馬上站到前方去，準備一起迎戰雷之魔王。

「欸……那我要做什麼比較好？」既然法師跟廚師迎戰第一個魔王，這種時候，照理來說我好像應該做後勤？

「閃遠點不要妨礙我們行動。」摔倒王子丟過來這句話。

「先去旁邊休息一下囉。」黎沚如是說：「順便自己找點事做？」

總之你們完全不將我當成戰力就是了吧！

我、我……我說不定也可以幫補什麼的啊！

「這回合只能兩個人喔，另外一人要看狀況，如果快被打敗要逃走去通風報信。」還算好心的黎沚這樣解釋，「不然遊戲就眞的結束了，或者你現在逃去通風報信也可以，比較省時。」

……原來我只能負責逃走去通風報信的任務嗎？

但是重點在於，我應該也只能找到學長，他如果知道我是逃出來通風報信的，我絕對會當場腦袋開花啊！

「攻擊回合開始！」

❄

就在我以爲他們要來一場驚天地、泣鬼神，把湖之鎭毀了又毀、毀完再毀的可怕大戰時，出現在我面前的竟是意外和平的……

我不知道該怎麼形容。

就只是很普通的鬥毆，然後不時夾雜閃雷電和放法術，但是波及範圍並不太大，頂多只把四周的房子打破一半而已。

這樣說起來，之前千冬歲他們出場時好像也沒有造成太大的損傷。

「好可怕……」

聽到細細的聲音，我馬上轉回頭一看，看見一個小女孩站在不遠的牆角邊，露出很懼畏的表情看著我們這裡。

不知道是不是錯覺，這個女孩子跟上次我在村莊看見找狗的那個小女生很像，上次因爲沒有觸發關卡，所以後來也不知道她到底有沒有找到那隻狗。

「不要靠近喔，很危險。」基於好心，我連忙這樣告訴那女孩，「快點回家躲起來。」

女孩很害怕地看著打鬥的那邊，又看看我，就是沒有離開的打算。

一道雷打在我們之間，我快步去把女孩抱起，看了一下黎沚和摔倒王子的確不須幫忙，他們和奴勒麗打得不相上下，有快贏過對方的樣子，所以我就在喊了聲告知兩人後，帶著女孩盡快遠離戰圈。

就算他們打得沒有平常猛，但對普通人來說還是很危險的。

大概遠離一條街的距離後，我才把女孩放下，「快點回家。」

怯怯地看著我，然後又轉頭看一條街外正在打雷閃電，女孩抓著我的手，「可以帶我回家嗎？好可怕……」

不會吧！竟然連在這邊都會有關卡是哪招？

「欸，大哥哥現在很忙，妳可以自己回家嗎？」雖然我的任務是逃亡，但也不能在這種時候隨便觸發關卡吧，也不知道會發生什麼事。

「我害怕……」緊緊抓著我的手，女孩眨著大大的眼睛，又讓我想起上次在那個村莊沒有幫忙的事。

這種時候眞的很難拒絕。

「妳家很遠嗎？」只是暫離一下應該沒關係吧？反正我也不是主力，黎沚跟摔倒王子應該可以應付得來。

女孩用力地搖搖頭，「就在前面而已，拜託……」

沒辦法甩開對方緊握的手，我呼了口氣，「好吧，那就一下下，告訴我在哪邊。」

握著我，女孩指著街頭的某幢房子，其實根本不遠，用跑的大概馬上就可以到，這樣的確不用花太多時間。

不過，比較麻煩的是，幾乎在同時，我看到街道的那端走出一個骷髏兵，不知道是黎沚沒有全打完，還是奴勒麗來了之後又再生出來的。

我就知道這個關卡沒有那麼輕鬆——

「抓好喔。」揹起小女生，我抽出了另一把短刀，長的被摔倒王子拿去，所以只剩下這把可用。

如果我在遊戲裡面被骷髏兵K.O.了，也不曉得會不會被學長宰掉？

一拔刀，我就愣了半秒。

照理來說應該不算輕的刀拿起來竟然很輕盈，比我預想的輕很多，之前沒有拔出來所以都沒發現，刀身弧度很漂亮，而且色澤也很優美，難怪摔倒王子搶去時也露出與我類似的反應……連我都可以看出來那是很好的刀。

原來那個老闆沒坑我們！

話說回來，他好像本來就是說給我們比較好的兵器，只是我自己一直下意識認爲這是加強版村民裝備。

揹在身後的女孩緊緊抱著我的脖子，很害怕地看著正在她家附近晃蕩的骷髏兵。

「欸，妳快把我掐死了。」抓住女孩很有力的手，我瞬間好像有種頭會被扭下來的感覺……果然不應該小看小孩子，面臨危險時，臂力還是一樣很大。

「嗚……」我背後的女孩發出小小的聲音，不過手勁倒是放輕了。

估算著骷髏兵的速度，不知道是因爲被學長打習慣了，還是常常和其他人一起出任務的關係，意外地感覺到骷髏兵的動作並不快，而且還有點遲緩……我在追五色雞頭要阻止他亂來時都還比較快。

既然對方動作遲緩，我也不用太客氣了。

揹著女孩，我邊握著刀邊慢慢靠近，在骷髏兵發現我們而衝過來時，我剛好可以將對方的頭骨卸下來……抓人抓到力量都變大了，讓我深深覺得有點哀傷。

失去了腦袋之後，無頭的骷髏兵晃了幾下直接倒地，然後消失，看來骷髏兵並沒有我想像的難對付，難怪黎沚一次可以劈掉整片不會累，連我這種雜魚都可以輕鬆收拾的東西，說不定對他們來講就像螞蟻一樣可以輕鬆擰死啊！

「大哥哥好厲害喔！」在我背後的女孩發出了讚歎聲。

「還好啦，妳家在這邊嗎？」順著女孩的指引，我停在一棟不怎麼起眼的普通房子前，依照她的話打開了房屋大門。

裡面靜悄悄的，不知道是因為沒人在家還是因為魔王出來所以嚇得躲起來了。

「應該在裡面。」似乎沒打算下來的女孩緊抓我的肩膀，「大哥哥陪我一下好不好？」

「我還滿忙的，妳就乖乖留在家裡等媽媽回來，找個安全的地方躲著，不要出門就沒事了。」這個關卡應該這樣就可以結束了吧？

我這樣想著，但在我要把身後的女孩抱下來時，發現對方竟不為所動。

「大哥哥，你怎麼沒有問我的名字呢？」女孩笑嘻嘻的聲音就在我耳邊傳來。

通常事情到這種地步，我完全可以感覺得出來不對勁了，「……妳叫什麼名字？」

「嘻，我叫米莎，約好要來找我玩的喔。」

❄

那瞬間所發生的事，事後想起來我都不知道自己是怎麼躲過的。

在女孩吐出那個半陌生的名字時，我整個後頸一涼，同時也看見幽暗寂靜的房子裡有個白色的東西正用一種詭異的速度朝我們奔來。

反射地、根本沒思考什麼，我直接往地上趴下，那個白色的東西在一秒後直接削過我所在位置的正上方。某種聲響傳來，我一抬頭正好看見門板被削斷了一半掉落在地面，斷面像是被刀還是什麼雷射切過一樣，乾淨俐落得可怕。

如果剛剛沒趴下來，我的腦袋大概也會這麼乾淨俐落地消失了吧！

不過也因爲這一趴，大概沒料到我會有這種動作的女孩顯然也愣了一下，環著我脖子的手也跟著放鬆。抓住機會我直接掙脫對方，然後翻了一圈馬上爬起。

倒在斷門邊的女孩沒有我這麼匆忙，反倒很慢地站起身，接著拍拍裙子，整理了頭髮，才微笑著望著我：「大哥哥，多陪陪我好嗎？」

這次看仔細了，她眞的是上次那個找狗的小女生，不是很像，根本就是一模一樣！

剛開始遇到時看起來頂多只有像，但現在已經完全相同了……這也是遊戲意識搞的嗎？很本能地想拿幻武兵器，不過就像學長他們講的，就算從手環拿出米納斯，也是寂靜毫無效果，連溝通也沒辦法溝通，這時候就有點希望她可以像平常一樣，沒事給我潑一句冷水之類的，尤其是在這種非常狀況。

「妳也是遊戲意識嗎？」看著站在門口的女孩，我本來以爲按照往常的經驗，她可能會

伸爪子露牙齒，但意外地都沒有，就只是站在那邊。

不過那隻白色的東西回來了，靠近一看才知道是隻很大的狗，大得很異常，差不多是老虎、獅子的那種尺寸……我靠，一開始找我幫忙找的是這隻東西嗎？

「遊戲意識？」女孩歪著頭，露出了疑惑的表情看我：「那是什麼？」

呃，看來角色應該不會自己承認。

但說實在話，我也不想逼她承認，與其確定，還不如保持這種未知對心臟比較好。

「算了，反正大哥哥留下來陪我玩就行了。」似乎並不想去管什麼是遊戲意識，女孩拍著手，很高興地往我這邊走來。

雖然她現在什麼都沒長出來，但光這樣逼近就很有威脅性了，而且那隻大狗也跟著一起走來，讓我完全可以體會到生命安全受到異常嚴重的威脅。

我握著刀柄，很警戒地看著往這邊走來的一人一狗，同時看向房屋的窗戶夠不夠時間讓我打開逃逸。

但是就在我把一旁的窗戶推開時，髒話也想出來了。

打開窗後我看到外面是一道水泥牆……但是剛剛窗戶明明會透光啊你整我嗎！

「不可以離開呦。」女孩微笑，張開了兩隻手，「這個世界是為了讓你們永遠與我們共存的而存在的，所以大家一起玩吧。」

我看著她，驚悚地發現她身後的狗突然分裂成兩隻，然後那兩隻又再裂成四隻，將房子的入口完全堵住。

難道我的人生就要葬送在這個離奇的走棋遊戲了嗎……到底是誰說這個遊戲沒有危險性的啊！

沒有人大過年就被遊戲幹掉的啊喂！

舉起刀，我也不知道現在應該怎麼辦了，砍小孩嗎？但是那些狗的速度根本不能和剛剛的骷髏兵相提並論，砍過去，死的一定是我啊！

「請讓我出去。」看著女孩，我也只好冷靜地跟她……講道理。

「不可以喔，大哥哥要留在這裡。」女孩張開手，我看見她身後跟著也張開奇怪的黑色翅膀，不是羽毛那種，感覺上比較像蛾之類的，「不能讓你們回去，不可以喔……」

根本沒道理可講啊！

「閃開！」

就在我陷入不知要先攻擊女孩還是先逃跑的窘境時，某個聲音突然傳來，接著那女孩臉色沉下，往一旁跳開，避過了差點插到她後腦的飛鏢。

「還不出來！」

我跟著看過去，看見了門外那個我也不知該說想不想遇到的人……

穿得一身俠女模樣的莉莉亞就站在門外，腳邊躺著那一堆「小狗」，也不知道是什麼時候擺平的，總之上面插著同款式的飛鏢。

女孩朝莉莉亞露出超級不友善的表情，但還算有點忌憚，並沒有馬上撲上去攻擊，慢慢退開了。

我就說這個遊戲欺善怕惡，只找上我算啥英雄好漢啊！

不過真沒想到莉莉亞居然會來幫我。

小心翼翼地走過去之後，大俠莉莉亞一腳踢上門，接著對門射出幾枚長鏢把入口封死後，才抓著我快步離開。

「欸……職業俠女？」看著她很經典的大俠服裝，我只能這樣猜。

「武學導師啦！」莉莉亞還回頭凶狠地瞪了我一眼，一段路之後才停下來。

我也跟著停下來後，才看到站在街道上、另一個不知該不該說更不妙的人。

「這眞是有趣，我還沒試過當邪惡的一方。」站在街道旁對我揚揚手的班長露出微妙的笑容，「不過要攻陷遊戲所有的商業管道其實不難，多待一陣子就行了。」

不要控制遊戲經濟啊！這又不是大富翁！

「所以妳也是要來修理我們的嗎？」看著似乎隻身過來的班長，我過了幾秒才注意到黎沚他們那兒的騷動好像平息了，起碼沒有雷聲或什麼奇怪的聲響，不知道是擺平惡魔還是被擺平。

「不，因爲遊戲進行的時候覺得好像有什麼阻礙，基於以商業利益爲前提，先來跟你們交換一下情報。」班長環著手，靠在一旁的石雕上，「雖然只是遊戲，不過錢卡住也有點讓人介意，雖然我有設立停損點關卡，不過果然還是會介意。」

……妳不是才剛到嗎？那個關卡到底是怎樣設計的啊我說！妳應該才剛到遊戲不久吧！

「等等，所以你們也有遇到攻擊？」我突然平衡了，原來遊戲並不是只針對我一個人，看來還算是公平的。

「是啊，本來快要跟我們借貸的大城鎮突然位移了，不然就是原本應該是水上城市的區域竟然挖到礦，大概就是類似這樣的狀況，所以害我損失了幾筆利潤不錯的生意，雖然馬上就讓對方加倍付出，但還是會有問題。」

我個人覺得在這種狀況下還能讓別人加倍付出的人，好像根本就是個大問題。突然覺得這個遊戲有點悲傷，武的方面一路被學長輾平，文的方面在短短眨眼間差點被班長經濟制裁，如果我是遊戲，這樣報復都算輕了。

沒有人這樣玩的啦！

你們這些人究竟是怎麼回事啊！

「看來這個遊戲果然有問題。」莉莉亞皺起眉頭，「而且還箝制了所有法術和力量，想破壞也沒辦法。」

「是啊，果然還是得分出勝負。」班長看了我們倆一會兒，「不過既然遊戲本身有問題，分出勝負之後眞的能回去嗎？」

這眞是個好問題。

我們都想說只要打贏就可以回去了，可是遊戲意識好像要把我們留在這裡耶！

「再聯絡吧。」班長丟給我們一袋東西，然後轉身就走，「線人費。」

……原來我已經從村民淪落到變成線人了嗎？

「唉，感覺魔商人真是種可怕的職業。」見過班長之後，我覺得我們的勇者之路更難走了。

「誰跟你說她是魔商人？」莉莉亞用一種鄙視的表情看我。

「欸？」難道是魔奸商嗎？

「她是魔將軍。」

「……」

這年頭連玩家都不務正業這樣好嗎。

就在我思索魔商人到底是誰時，莉莉亞突然臉色一變，對著我還掏出飛鏢，「蹲下！」

抱頭反射性一蹲，我瞬間聽到身後傳來好幾聲悶哼，然後是重物倒地的聲響，一回頭就看到好幾個村民角色趴在地上，背後全是剛剛我看到的那種黑色蛾翅膀。

「有完沒完！」莉莉亞罵了一聲，順著她的視線，我也看見了在街道彼端出現了好幾隻巨狗，身上還插著剛剛的鏢，很顯然是同一批。

這個遊戲也太堅決要幹掉我們了吧！

看來這時應該就要逃了吧。

一轉頭，本來想和莉莉亞商量逃跑的事，但一看到她身後有白色的東西急速衝來，我也呆了。

總之，在我自己意識到時，我已經衝過去撲倒正要對付大狗的莉莉亞，某種力道在我背後用力地砸了好幾下，瞬間炸開了痛楚，不過只有一下子而已，倒不是那種不能忍耐的痛。

莉莉亞也被嚇到，沒有馬上反應過來。

接著是好幾聲槍響，我突然鬆懈了下來。

不過鬆懈沒有持續太久，某人的腳底直接從後面踹了上來，差點沒把我踩到地磚裡。

「你們又在搞什麼鬼！」

凶惡的語氣如預料般地傳來……學長，雖然每次你都在危急時出現是件讓人高興感動的事，但是不要每次都先踹我啊——

從鞋底掙扎起身後，我果不其然看見了一臉煩躁的某黑袍站在我面前，身後是高高疊起的大狗山，壯觀得讓我不知要讚歎效率好還是出手快了。

其實你才是武學導師吧！

「欸呀，漾漾你沒事吧？」從大狗山後蹦出來的是喵喵，看來他們兩個被遊戲意識丟走後，應該是用自己的方式重新聚在一起……或者是本來就被丟在一塊。

「好像沒事，謝謝。」拍拍身上的灰塵，我意外地眞的沒啥傷，頂多是剛剛被打到有點痛。

「眞的假的？剛剛你起碼被那些怪狗攻擊好幾次耶。」莉莉亞瞪大眼睛，用一種看妖怪的表情看我。

「……應該是眞的沒事，大概是遊戲裡攻擊得比較輕？」是說這樣好像有點說不通啊，因爲遊戲意識不是要攻擊我們嗎？沒道理放輕力道啊？

學長瞇起眼，「你……」

「哇喔！差不多都到齊了啊！」

中斷我們談話的是黎沚的聲音，他拿著法杖與摔倒王子一前一後從上面跳下來，笑吟吟地打量所有人，「勇者隊伍幾乎快要到齊了喔！這下子終於可以和魔王正面對抗了！」

如果沒有勇者的隊伍也算是勇者隊伍，那我還能說什麼呢。

「浪費時間。」把槍甩回身上，學長依然保持著煩躁，「快離開這裡。」

你又要開始輾人之旅了嗎？

「是啊，快點離開吧。」同意了黑袍同僚的話，黎沚也點點頭，「不然也快要追上來了喔。」

「什麼東西追上來？」

大概十秒之後，我的疑問獲得了解答。

長著黑蛾翅膀的居民，開始追上來了。

「那是啥東西啊？」

被全鎮的遊戲角色追了一圈後，在學長和摔倒王子抓狂把追兵直接輾去大半之後，我們才得以逃逸到外頭的森林區域裡，擺脫掉沒完沒了的追逐。

「大概是遊戲意識的殭屍唷。」喵喵在我身後走來走去，突然迸出這句。

……那種打一個可以得到一點經驗值的初級妖怪嗎？

這個遊戲到底是基於什麼設計方式，才會把比較高等的東西放在開頭，初級的東西放在後面？

「不過漾漾你眞的都不痛嗎？」走到我面前，喵喵歪著頭又問了一次，「喵喵可以幫你治療，不用忍耐喔。」

「他如果會痛早就趴了。」

我還沒開口，學長就一句冷言丟過來，差點把我砸趴。

「說得也是喔。」

所以我沒趴很奇怪是嗎！你們是怎樣啊！

「看來應該是死不了，繼續上路吧。」一樣給我白眼的摔倒王子用很沒人性的話往我臉上潑冷水。

站在另一邊的莉莉亞反而一句話也沒講，大概從跟摔倒王子他們會合後就沒開過口。

「說到這裡，爺爺有給我一張地圖，說可以取得神器，對抗妖魔。」還在講他那個可能變成黑蛾殭屍的阿公，比我們還融入遊戲的黎沚很歡樂地拿出一卷羊皮卷，上面還眞的煞有其事地畫了地形、路標。

是說也不用去拿什麼神器，我覺得光在場人士應該就可以打敗妖魔了吧。

「這個方向和阿利的所在位置相同。」打開了外掛大地圖，學長直接把位置標上去。

「那找隊友順便去拿寶物吧。」黎沚拍了下手掌，直接決定了路線，「你們這些學生也眞是的，好好玩個遊戲也要偷懶，到底能不能腳踏實地稍微體驗一下樂趣啊。」

「不能。」學長還滿直接地衝撞老師的話，「這個遊戲有問題，想玩下次再去找沒問題的玩。」

「唉呀，反正進來就抱著同樣的心情好好應對咩。」收起了羊皮卷，黎沚聳聳肩，一轉頭剛好看到完全不想與我們有交集的摔倒王子，開始往某個方向走了，「眞是的，你們這些年輕黑袍一個比一個還急，人生這麼著急會少掉很多很有趣的事喔。」

說眞的，這個我也講過，但是我覺得搞不好他們覺得最有趣的事就是速戰速決，然後接著再下一個速戰速決，人生以快速爲進化，以慢速爲退化之恥。

喀答一聲，冰冰涼涼的熟悉觸感又抵在我腦後，「褚，你是有什麼話很想說是嗎？」

「大人請饒命，小人絕對沒有在腦殘什麼。」就算有我也不會誠實說出口的，除非你唬爛還在監聽我。

學長收回了長槍，然後邁開腳步跟在摔倒王子身後開始移動，而且還不忘記幫我們開路，森林裡連撲都還沒撲出來的魔獸就像之前的前輩們一樣，尙未出場身已死，在草叢後發出可悲的哀號聲，接著就這樣被輾了。

黎沚聳聳肩，一跳一跳地跟上去了。

剩下我們三個互相看了眼，只好也跟著走。

「對了，漾漾是直接遇到莉莉亞嗎？」相較於前面三個黑袍，一起走的喵喵在過了一段時間後，就很自然地開始聊起天了。

「是我先找到他的。」莉莉亞在確定她哥距離夠遠後才開口：「超沒用，害我還要出手救人。」

「我和休狄王子是去找勇者的，因爲聽說勇者在城裡，結果找到黎沚。」可悲的是勇者現在應該變成了黑蛾人，都不知道是我帶衰過去還是怎樣，「喵喵和學長掉在一起嗎？還是後來才找到的？」

「沒有掉在一起，不過喵喵很快就找到學長了，距離很近。漾漾你們掉得反而還比較遠。」喵喵稍微比劃著，簡單地告訴我他們那邊發生的事，「但是比起來我們那邊危險多了，喵喵掉在火山附近，學長竟然被送到了裡面，而且還是個龍穴。」

接下來的事我差不多知道了。

「……那頭龍換到多少錢？」遇到學長的龍十成十都會被打成龍蝦，我用腳底板就可以知道龍的下場。

「還不少喔，而且拿到了很多寶石和裝備，但都是重戰士的裝備，只好全部換錢。」喵喵竟然順著我的話講下去，讓我都想幫那頭龍默哀了。

學長，正常狀況應該是整支隊伍一起挑戰屠龍的，沒有人自己去把龍給秒掉，這樣叫遊戲怎麼活啊——

不過你竟然可以靠那把槍就輾過龍，眞是太可怕了！

我再度慶幸還好學長是我們這方的隊友，不然我早就被輾了又輾，輾完再輾，開頭十秒就死到遊戲結束了。

「咦！亞竟然自己跑去打龍！」不知啥時腳步慢下來偷聽我們對話的黎沚直接轉過來，看著我們三個，「難怪他對遊戲任務不感興趣，原來是已經偷跑去玩過最好玩的部分了！我也想像爺爺一樣成爲屠龍勇者啊！」

你爺爺就在不久前變成屠龍蛾人了。

而且我也不覺得學長是偷跑去玩，他現在整個模式就是擋路者死，就算是自己人也會喀嚓掉，完全表達出對於被困在遊戲裡的深深厭惡。

「有機會、有機會的，下次大家一起去打龍吧。」喵喵超快樂地如此提議。

「請不用算上我謝謝。」我並不想自找死路地去被龍打。

「欸——大家一起玩比較有樂趣啊，而且漾漾你現在無法面對遊戲的龍，以後萬一眞的遇到龍，會更沒有辦法應對喔。」黎沚煞有其事地認眞盯著我看，「遊戲就是爲了讓人先有準備而存在的啊，先從比較弱的龍開始對付起。」

並不是爲了讓人學習屠龍而準備的吧，而且龍一點都不弱！

還有不要以爲我不知道，現實不管是守世界還是原世界的龍都是可以溝通的，哪裡還有人出任務是在屠龍的……屠龍蝦還差不多。

「噓。」莉莉亞突然打斷我們的聊天，還豎起手指，「有東西來了。」

「什麼東西？」我隨著左右看，巨大的黑影往我們頭上掠過，轟地一聲還颳起了強烈的颶風。

「好像是龍來了。」

❄

我大概花了十秒才理解喵喵他們喊的那句代表什麼意思。

離我們很遠的趕路黑袍二人組瞬間出現在我們旁邊，一個揮出了槍，一個拔出了從我這

邊搶去的刀，非常警戒地看著天空。

轟轟轟的聲音不斷傳來，就在剛剛那一大片黑色飛過去之後，第二片黑暗又從我們正上方衝過去，然後是第三片。

「……不止一頭龍嗎？」這個遊戲也太多龍！

「噓。」喵喵按著我的肩膀，看著上方不斷衝嘯而去的黑影。

幾個震天吼聲從我們正上方傳來，幾乎把森林都給壓下去似地，高高的枝葉全彎了下來，還不斷顫動。

「不是衝著我們來的。」莉莉亞也壓低著聲音，小聲地告訴我。

「好像是往某個固定的目標。」觀察著黑色龍群的前進方向，黎沚做出結論，「但是方向與我們差不多。」

我們就站在原地又等了一陣子之後，騷動才漸漸遠去。

「眞危險，還好沒觸發什麼打龍群的任務。」確定沒有東西殘留下來之後，我才鬆了口氣。我們剛剛的聊天差點就成眞了……這種時候我可不想眞的和龍槓上，還是一整群的龍，會死人的！

「不，這回合是時間任務。」打開了大地圖，學長與摔倒王子站在前面指著上面一堆快速移動的光點，不用講大家都知道那些是代表剛剛衝過去的龍，「牠們的目的地跟我們一樣，都是阿利所在的那座城鎮，如果沒有及時到達，可能會有問題。」

……也太大的問題！

龍群輾過去的話，阿斯利安那邊就完蛋了吧！

「馬上出發！」摔倒王子的臉變得超級黑，勇往直前的氣勢比剛剛還要強。

「等等，有魔王方的人逼近我們了。」注意到我們後面有別的東西衝過來，學長收起了大地圖，「你們先過去，我留著應付對方。過去之後讓黎沚打開連結通道，處理完我才可以馬上轉移。」

「欸，那我也留下來。」連忙往學長那邊站去，我看著一堆人掃來的視線，「就……就觀摩，不然打輸之後也可以逃跑求救。」突然發現我有點可悲，竟然只有這種理由可以用。

「這樣很危險喔。」喵喵眨著眼看我，「不然喵喵也留下來好了，可以幫忙治療。」

「我也……」

「褚留下來就行了，你們快給我出發！」打斷黎沚的湊熱鬧，學長凶狠地瞪了我一眼，

不過倒是沒有一巴掌打上來，完全出乎我意料，我本來都做好閃避的準備了，有點失落。

「不過這個是趕時間的回合，要比龍快一步……還是剛好到達，似乎比較困難。」喵喵提出了目前迫切要解決的問題。

「這個沒問題啊。」黎沚拉長了他的法杖，「如果是快速移動的法術，我這邊可以使用，既然都決定好了，大家就可以出發了。」

說著，不久前才加入隊伍的法師用杖首在地面輕輕地點了一下，接著捲起了沙塵和風，從四面八方聚來的風流馬上形成了像是小型龍捲風的東西，範圍逐漸擴大，大得讓所有人都退開讓出了位置。

在風流差不多固定大小後，黎沚用力地揮動了法杖，整個狂風突然炸開，接著裡頭出現了一隻非常大的鳥，跟著風張開了同樣巨大的翅膀，慢慢地停在我們面前。

「可以持續三個回合的全體高速移動，不要正面對上，應該可以比剛剛那些龍還要快到達目的地。」介紹法術形成的巨鳥，黎沚很自豪地扠著手，「如果加上喵喵的祭司祈禱術，或許可以再多兩回合，要疏散城鎮的人也來得及。」

「那還等什麼？」顯然不是想去疏散居民當英雄，而是另有目的的摔倒王子，語氣不善地催促其他人快點上路。

「到城鎮再見囉！」

看著所有人上了巨鳥，接著起飛，瞬間便消失在森林上的天空後，只剩下我和學長的森林霎時安靜了下來。

拿出獵槍，學長轉換了彈匣。

「進入攻擊回合。」

❄

我握著剩下的那把刀，寒毛都快豎起來了。

雖說是進入攻擊回合，但據說已逼近我們的魔王方遲遲沒有出現，這讓我不禁猜想該不會又是派出萊恩，還沒注意時就被他喀嚓了吧？

「你幹嘛留下來礙事？」冷不防地，先打破寂靜的是正在擦槍管的學長。

他擦槍的動作熟稔到讓我擔心回去之後，他會想去弄柄槍回來當武器，到時候才真的是

我的浩劫。

「欸，也沒什麼，想說搞不好會遇到西瑞。」

看著那把被擦得閃閃發光的槍，我吞了吞口水。不過就算他把槍擦得再亮，我也不會告訴他眞話，反正又不是第一次講反話了。

實際上，剛剛那瞬間讓我想起了以前和鬼族發生的事。

雖然是在遊戲裡，但是……

「總之，有危險就快逃吧，這次我不確定能否應付得過去，如果來的是西瑞就算了。」

不要這麼瞧不起五色雞頭啊我說。

學長看了我一眼，把獵槍甩回身後，接著拉開綁腿，一打開我才看見他腳上居然有道很嚴重的傷痕，幾乎深到可以看到裡頭的骨頭，血也沒有止住，綁腿裡整個都是血水。

在我震驚著還沒開口詢問時，學長已經自己先招了，「是在對付龍的時候被打傷的，似乎沒辦法用法術治療，是削減性創傷，每回合會下降一些體力。」

「你居然沒有叫喵喵幫你治療！」指著眼前的黑袍，我都不知道要不要一巴掌打上去。

不過話說回來，學長果然不是眞的那麼無敵，看到他還是會受傷，眞不知是不是該讓人安心了。

把綁腿繫回去，學長拆開了護腕，上面也有條傷痕，不過看起來就輕微多了，似乎只是擦傷，「讓米可蕥治過了這道，但沒有辦法治癒。遊戲裡被龍打傷和被一般魔獸打傷程度不同，可能要維持這樣好幾個回合，或者找到適當的藥物。」

「這樣你居然還留下來要打魔王。」早知道剛剛拉著學長一起跟他們往下個目的地衝就好了，比龍快的速度肯定能甩掉魔王。

「這是選擇回合，如果不先擊退，說不定下座城鎮我們得一次遇上兩到三個魔王方。」學長白了我一眼，似乎覺得我講的有點廢話，「而且這遊戲真的很有問題，我是被刻意丟到龍穴的。」

連我都可以感覺到是刻意的，就說你把遊戲搞到很不爽，想宰你想到都丟龍穴去了，完全可以感覺到對方的恨意。

「所以接下來一定還會有其他動作。」

我愣了愣，疑惑地看向學長。

正想問他是不是注意到什麼時，學長突然示意我安靜，然後舉起獵槍，眨眼間連續往森

林深處開了三槍。

沒有之前擊中魔獸時發出的那種哀號，傳來的是打到金屬的聲音，幾乎可以想像得出子彈碰撞後掉落在森林裡，被大地直接吞噬。

接著，從森林深處慢慢走出一個人。

「要做交易嗎？」

笑笑的陰沉聲音外加蓋住臉的黑色頭毛，出現在我們面前的是黑色仙人掌，手上還提著一串正在滴血的不明器官；服裝是暗色系的，與之前見過的稍微有所出入，「用內臟換安詳的死亡，很不錯的交換喔。」

……原來傳說中的魔商人是你嗎？

你一開始出場時不是應該是魔王的嗎？

「沒想到魔王會轉職成比較低階的魔商人，眞意外。」槍口對向了敵對方，學長也有和我差不多的疑惑。

「呵呵呵，因爲這樣才可以採購到不同的屍體和內臟啊，而且我也沒興趣當魔王，就和奴勒麗互相對換了職業囉。」甩著手上那串東西，完全不介意血水亂飛的黑色仙人掌發出了威脅的怪笑聲。

這樣，剩下來的千冬歲和五色雞頭就確定是魔王了。

「你們那邊聽說也被遊戲意識插手了。」看著把玩著不明內臟的魔商人，學長問道。

「對啊，我前幾回合突然被反叛的妖魔突襲，不過都是小角色所以沒什麼影響。」黑色仙人掌聳聳肩，「只是增加遊戲難度而已，還算有趣。」

「現在很明顯是遊戲意識想困住所有人，要不要乾脆協調先把公主交出來，好結束掉整個遊戲。」

「喔？那你們就讓我們先侵略整個大地圖嘛，也是可以結束遊戲啊，何況都已經三分之一，差不多快要達到目標了。」

我覺得我在那瞬間好像看到蛇與狐狸在交易的畫面。

「算了，反正大家都不會認輸嘛，會認輸就不是公會的人。」黑色仙人掌陰險地嘿嘿笑了幾聲：「而且打贏可以提出要求，我才不想浪費得到好內臟的機會，經常看到一堆上等內臟在眼前晃來晃去，也是會有點不耐煩的。」

等等，所以你贏得遊戲我們就會失去臟器嗎！

「那就各憑本事。」

幾乎在學長話語一落同時，我還沒搞清楚狀況就被人往後用力推開，瞬間傳來的是一連串開槍的聲音和我先前聽見的金屬聲，像放鞭炮般完全沒有停頓。

站穩之後一回頭，我差點被嚇掉下巴。

剛剛還算茂密的森林一下子被剷平了大半，裡面還夾著想偷襲的魔獸屍體。

被槍打到發出金屬聲的東西在四周，不是黑色仙人掌那兒，仔細一看，我們周圍有七、八個很像某種巫毒娃娃的金屬機關人偶，大概有三分之二成人那麼大，身上配滿尖刀利刃，似乎摸上去會被輾成碎肉。

「聽說是魔商人的配備，畢竟商人不擅長打鬥啊。」還在裝死的黑色仙人掌站在一堆機關人偶後頭，露出了讓人想一巴掌打上去的奸笑。

最好你不擅長打鬥啦，那我是啥！不用擅長都可以打死的螞蟻嗎可惡！

擋在我前面對那些機關人偶又連續開了幾次槍，學長微微瞇起眼睛。那些子彈打在人偶身上幾乎沒啥損傷，只能把靠近的人偶逼退回去。

看著那些人偶，學長直接轉換了彈匣，反手射出短箭，每根都插在人偶關節上，運動機關一受阻，人偶就發出怪聲，沒多久就整個趴倒在地完全失去功能。

一腳踩在人偶上，沒有停下動作的學長用相同的模式，很快就打垮了整票機關人偶，最後只剩下黑色仙人掌身旁那隻。

「嘖嘖，比我想的還快，不過這個你有辦法嗎？」

看著滿地人偶，黑色仙人掌朝後勾勾手指，隨著他的動作，整片殘存的森林開始搖晃，並發出巨大聲響。

然後，出現了金屬雙頭龍。

我覺得要是哪天不幸得跟這種要人命的遊戲打交道，說不定我會想要選魔商人這個職業……

這個等級也太高了吧！

而且不知道是不是我的錯覺，魔王組的條件都超好啊！好到都讓人妒忌，這樣怎麼對得起一開始就是路人B的角色啊！

就在我開始有點自暴自棄、覺得這次就算有學長可能還是會被滅掉的同時，某種閃光在

旁邊一晃，速度之快讓我根本沒時間仔細思考，馬上往凝神戒備的學長那用力一撞——

痛覺直接從後爆開。

但是沒有我預料中那麼痛，感覺先前被打時還比較痛，不過因爲對方突襲的力道很猛，我還是直接被撞飛出去，摔在一大堆殘枝落葉裡。

「漾~不是說過人家在打架時不要衝出來找死嘛！」那個突然冒出來襲擊的五色雞頭一整個擺出就是我的錯的態度，還直接指著我講：「刀劍不長眼，雖然你是本大爺的小弟，但是本大爺還是會不小心順手滅掉你的！」

你根本無時無刻都在滅掉我吧！

「西瑞小弟，你也突襲得太明顯了吧，居然這麼容易被看穿啊。」環著手，根本就套好了的黑色仙人掌鄙視他家的殺手兄弟。

「那是本大爺的小弟太機伶了，不過如果連這種程度都看不出來，也沒資格隨侍在本大爺身邊就是。」

會看出來根本是被你打到看出來的，每次要追要擋，都差不多快知道你的慣用模式了啊渾蛋！害我現在一整個草木皆兵！

「不要插進來。」

移動了腳步，學長擋到我面前，然後就在我邊咳邊爬起來的注視之下，從腰邊又抽出一把短槍指向五色雞頭……敢情您都還沒發揮完全實力嗎老兄！我沒聽說你是雙槍啊！

「這是打龍掉出來的。」看了我一眼，學長主動開口。

最近的龍還眞人性化，被打掛還可以掉出新的適用武器。

「你以爲一個獵人角色可以打得過我們兩個嗎？西瑞小弟可是炎之魔王喔。」張開手，黑色仙人掌很陰險地拉出了風線，地上那些才剛被學長打成廢鐵的機關人偶，竟又自組重新站了起來，除了部分損傷之外，根本不影響攻擊和行動。

「漾～本大爺看你還是乖乖投魔吧，不然在好人隊也只是當炮灰，乾脆現在投降，本大爺就可以解除你悲劇的砲灰路人命運。」

在魔王隊還不是也是當炮灰！少唬人了！

確定剛剛被攻擊眞的不太痛之後，我雖然有點疑惑，不過因爲大敵當前，也連忙穩住身，拔出刀，「玩遊戲各憑本事喔，總之我不會投降的。」還不知道投降會被學長打成怎樣，寧願死也絕對不可以投降！

被輾過去是痛一瞬間，被學長記恨百分之百會痛得長長久久，我寧願痛一瞬間也不想以後被他想到就打，所以打死也絕對不會投魔！

而且做人絕對要有正義！

……所以我絕對不是因爲怕事後被學長追著打才這樣決定的！

「喔？有趣，漾~你想跟本大爺對陣是吧，本大爺第一回合就把你打垮！」張開了握拳的手，熊熊烈火直接從五色雞頭的掌心冒出來，接著很自然地在四周環繞出一圈，把地面的樹枝、樹葉都燒得嘎吱作響，聽起來很驚悚。

「褚，拿去。」把短槍拋給我，學長也沒啥特別表情地多看我一眼，接著便轉過去對上了黑色仙人掌，外加他周圍的一堆機關人偶與巨大的機關龍。

所以這眞的是交給我的意思嗎！

接過短槍，與我平常慣用的不同，比米納斯大很多，還有點重，慶幸的是，好像和學長的長槍一樣是可以自動塡裝子彈的，所以接下來應該只到習慣和瞄準的問題了。

「咯咯咯，僕人想反抗了是嗎……本大爺奉陪，打到讓你知道誰才是天下第一的王者！本大爺的王座才是天下第一位！」

你最近是又看了什麼奇怪的電視嗎？台詞好像又更新了。

「先說好，玩遊戲輸贏不能記恨。」看著整個變得異常亢奮還在燃燒自我的五色雞頭，我很認真地先講在前面：「勝敗天註定！斤斤計較不是男子漢！」

扠著腰，五色雞頭仰頭用鼻孔看我，還附帶大笑三聲：「哼哼，本大爺一根手指就可以插死你，更何況大爺行走江湖獨自飄泊多少年，勝敗乃兵家常事，老早就不看在眼裡！你個武裝百姓還擔心本大爺會記恨啥，贏就是贏、輸就是輸，男子漢大丈夫，名利輸贏過往雲煙！」

那剛剛在說天下第一位的請問是誰啊？

不過既然他都自己開口了，那應該不用擔心遊戲結束之後來找我兵刃相向的碴。

這樣想想，我就安心了。

「攻擊回合開始。」

其實我一直覺得自己大概稍微可以撐個幾分鐘的。

三十秒後，我整個人被踩在五色雞頭的腳底下，直接打破剛剛的妄想。

「哇哈哈哈！你還妄想切掉本大爺！」超沒良心的還在給我轉腳的五色雞頭很得意地晃了兩下，「漾～你和本大爺的差距還大得很，多去練個兩百年再來吧！」

我也沒說我可以切掉你啊！就只是想說可以拖延幾分鐘，看看能不能擺脫掉你們這兩個魔王方而已，哪知道才三十秒就被反掛。

之前剛進入遊戲時那種劇痛感突然又傳來，把我整個人電倒在地上無法動彈。

「向魔王挑戰失敗，會得到加倍創傷啊哈！」終於把腳收回，五色雞頭在我身旁走來走去，一整個就像貓在看垂死的老鼠一樣，「漾～快點投降吧，本大爺還缺一個魔僕人，現在剛好。」

完全沒剛好。

我抓著短槍，很努力地等待那個怪異的回合懲罰過去。

其實剛剛被五色雞頭毆打時並不很痛，還在可以忍耐的範圍，現在的遊戲懲罰也沒之前感覺到的那麼嚴重，我就算再怎麼遲鈍也知道事情奇怪了。

沒道理別人被打就很痛，我被打就不痛吧！

正常來講應該是別人被打不痛，我直接開成人肉花了啊我說！

所以當劇痛極快消退後，還在一旁晃蕩的五色雞頭根本沒有預料到，可見時間一定比本來預設的縮短很多。

握著短槍，我聽到旁邊的學長對付那些機關人偶傳來的巨大聲響，完全掩蓋了我小心翼翼行動的聲音，而五色雞頭大概是吃定我無法馬上爬起，注意力也被那方的打鬥給吸引過去，一整個躍躍欲試地盯著學長和機關人偶看。

幾個機關人偶已經再度被打爛，而且爲了要預防它們再度復活，是眞的被打到粉碎稀爛，大致上只剩下一、兩隻正在包圍快轉；一旁的機關龍也被拆掉一條腿，露出裡頭的齒輪和法陣，然後朝學長所在的位置不斷用力拍下和噴火咆哮。

看來假龍與眞龍還是有差的。

「哼哼，果然不是本大爺出手就不行！」看別人打架看到自己亢奮起來，想下場的五色雞頭摩擦著拳頭，周邊繞出火光。

我瞇起眼睛，在所有人全都忽略我的絕佳時機下，將槍口對準了五色雞頭的腳，一槍就給他開下去。

意外地，飛出來的似乎不是子彈，而是個銀色很像木刺的東西，射到五色雞頭腳上時噴出了一堆銀色液體，快速地纏住了獵物的腳，接著向下插入土地，幾乎眨眼間便完成了所有動作，快得連我都有點驚訝。

不過，現在不是驚訝的時候，我連忙將槍口轉向了稍微有點距離的黑色仙人掌，也補上一槍，在他還沒反應過來時，銀色木刺一樣打在對方腳上，快速地纏住獵物，瞬間那種銀色物體就已將兩人的腳全都綁住，無法再移動。

某方面來說，這個武器還眞是不錯啊！

起碼不是打傷五色雞頭，不然我就慘了。

「漾～你竟然偷襲！」轉過頭，沒想到會被我偷襲的五色雞頭露出完全不敢相信的震驚表情，震驚到好像我能偷襲到他就像刺蝟會變成三百六十種顏色一樣那麼不可思議。

「反正又沒說不能偷襲，我都被你打趴了還踩在地上轉來轉去，打一次回來不算過分吧！」呸掉嘴裡的泥土，我連忙跳起來，趁著他們想擺脫已經整個變成鋼鐵的銀色木刺時，我又趕快多補幾槍，先把魔王方的動作封鎖再說。

「沒想到你的防禦力那麼強，是因爲遊戲的關係還是身體本身機能呢？」被鎖住的黑色仙人掌倒沒有抓狂也沒有見到鬼的表情，而是露出一種蛇在看青蛙的表情，讓我全身寒毛都豎了起來，「眞想切來看看，似乎還滿有趣的，我還眞不知道妖師有這類特殊能力。」

「對不起，一切都是巧合！拜託你千萬不要因爲我浪費您寶貴的時間，我只是很普通的內臟加外皮而已！」被他盯上還得了！就算活膩了，也不想因爲被掏空內臟而死啊！

「看起來好像也是，有趣的還是那些部分而已啊。」

請收回你的X光眼謝謝。

就在我被盯到有點驚恐、想先退離個一百公尺的同時，身旁一個轟然巨響，學長突然從雙頭龍上跳下，然後將槍甩回身後。沒幾秒，那頭看起來非常巨大威猛的機關龍像是被人捅到嚴重要害，發出了幾聲怪響後突然整個崩落垮下來。

你拆解的速度未免也太快！

「看來你偶爾還是有點用。」學長看看一旁被捆掉的魔王方二人組，冷笑了下，「我還以爲下一回合的通關是要接著救你。」

心理準備都做好了是吧！

看著正在拍衣服的某黑袍，我也眞想對他來一槍，但下場絕對是會被爆腦……我忍！

「魔王方被奇襲攻擊所以暫停兩回合，看來勝負也暫時分出來了。」視線轉向了仍不能行動的五色雞頭和黑色仙人掌，學長這樣說：「大意失荊州，攻擊回合由我們獲勝。」

「哼哼，漾～等本大爺掙脫之後你就知死了！」被捲住的五色雞頭發出了宣言。

「……斤斤計較不是男子漢喔！」指著剛剛還說得很豪氣但現在要算帳的五色雞頭，我連忙把話還給他，「而且沒有確實地把我打到趴是你自己的錯吧，連這個都要計較，你以後在道上混不怕被說閒話嗎！」

「是不怕啊，有意見的，本大爺都會把他做掉。不過本大爺既然行走江湖，一時失敗當然不會看在眼裡，下次攻擊回合宰掉你，勝負再分！」自己想了想，似乎還是決定做男子漢的五色雞頭很豪氣地哼了聲：「這次本大爺就大人不記小人過，你走吧！」

說得好像你贏了一樣！這回合是你輸啊可惡！

「爲了下一回合關卡可以順一點，還是多讓你們停個幾回合比較好。」走過來直接拿走我手上短槍的學長，朝五色雞頭和黑色仙人掌周圍連開了好幾槍，堆疊起來的銀色木刺拉出了長形液體，瞬間凝結成整座牢籠，把魔王方牢牢鎖在裡面。

接著朝那些機關人偶的殘骸也依樣畫葫蘆地開了幾槍，確認完畢後，學長才把短槍丟給我。

「走吧。」

❄

離開森林……

其實也已經沒有森林了，在他們戰鬥完之後，應該更正成：離開了幾棵樹之後，我們走了有段距離。

「現在要過去和黎沚他們會合了嗎？」一直走到看不見五色雞頭他們之後，我才稍微鬆口氣。不過也不曉得所謂幾回合到底是多久的時間，所以還是小心一點比較好。

學長直接給我一記白眼，臉上滿滿寫著「廢話」兩個字。

我突然覺得我應該要問怎樣過去會合說不定會好一點。

「但是在這之前還有點事要做。」

還沒問到底有啥事要做，本來還在走動的學長突然停下來，一轉身就直接往我這邊抓過來，把我嚇了一大跳。根本還沒反應過來，他的手便越過我的臉旁，突然從後面抓住了什麼黑色東西，硬是從空氣裡拖出來。

一開始我還以爲被抓了頭髮，不過半秒後就馬上得知不是，因爲被拖出來的東西非常之大，整隻越過我的肩膀，被學長重重摔在地上還一腳踩住。仔細一看，居然是隻巨大的黑蛾，尺寸幾乎有五歲小孩那麼大，還不斷掙扎著，看起來相當恐怖。

「似乎從湖之鎮出來後，就一直貼在你後面監視所有人的行動，你完全沒注意到嗎？」

學長挑起眉盯著我，還不忘加重腳上的力道，把還在掙扎的黑蛾踩回地面。

「……完全沒有。」我都想掩面先跪下向學長懺悔，以免他等等踩的就是我。

學長啐了聲，拿出長槍，槍口抵在黑蛾身上，然後連續幾槍打在黑蛾的要害處上，接著在我們兩個的注視下，這隻蛾抖了抖，瞬間散成黑灰，消散在空氣之中。

「一開始就講過這個遊戲被下了詛咒，雖然不太明顯。」看著那些黑灰不見，學長想了想，不知是想和我講事實還是想亂講，「總之大概就是這樣，反正就是看看遊戲意識想幹什麼，還有繼續玩完這個遊戲，讓其他人循線找到詛咒者，黎沚應該也已經快要查到了。」

欸？你們已經在找詛咒者了？

說眞的我還眞看不出來──眼前這票人根本是顚顚倒倒在玩這個遊戲，根本完全看不出來他們還有在找詛咒啊！

「等找到詛咒者，就把他跟遊戲一起拆了。」學長發出某種很像追殺令的話。

我現在比較擔心詛咒者的安危了。

「還有，遊戲雖然很眞實，不過裡面的角色都是制定出來的，不要把太多感情放在裡面。」紅色的眼睛冷冷瞪過來，學長的槍口也跟著轉過來頂在我腦袋上，「如果被遊戲角色迷惑，當心到時候會出不去。」

「呃……我會注意的，請大人先把您的槍移開……」雖然之前我是很在意那些路人和村民，但現在我更在意腦漿會不會被打飛出來。

把長槍甩回背後之後，學長又伸出手，這次是眞的抓住我的領子，不知道在看什麼，盯

著我的衣服看了幾秒之後，嘖了聲放手，啥也沒講，因爲氣氛太險惡了，所以我也不敢開口發問。

打開大地圖，學長確認上面的光點後又蓋回去，「黎沚他們差不多做好術法通道了。」像是回應學長的話，不用幾秒的時間，我們倆身旁突然轉出一個法陣，散發閃亮亮的光芒。

「對了，學長，現在遊戲裡應該只有我們吧？」在摔倒王子他們進來之後，似乎就再也沒有出現其他人，我眞誠地感謝老天，那些拜年狂人並沒有踏平我家。

「對，沒有人再進入的跡象。」

我鬆了口氣。

就在我們踏進傳送陣法時，周圍的土地又開始變化了，像是之前在那座小城鎭看到的一樣：地面鑽出了矮小的籬笆，接著房子憑空冒出來，周圍張燈結綵，幾個路人莫名地從空氣中踏出在路邊聊天，長著草的地面出現了紅磚道還有放完鞭炮後留下的殘留物。

大地圖又變動了。

在傳送陣法啓動而周圍開始變得模糊時，我看見那些房子中突然打開了一扇門，叫作米莎的小女孩抱著白色的狗從裡頭走出，朝我們露出了非常詭異的微笑。

接著，所有景色扭曲消失。

❄

我總覺得好像有哪邊不對勁。

但這個疑惑馬上就被接下來發生的事覆蓋，完全被遺忘了。

首先迎接我們的是好幾聲巨大咆哮，那種感覺就像一次有五、六個雷打在身邊的感覺，整個耳朵轟轟響到麻痺劇痛，一下子聽不到其他的聲音。

周圍重新能聽得清晰後，出現在我們面前的是一座傾圮倒塌且冒著火焰和黑煙的大型城市……奇怪，一開始不是說是山區城鎮嗎？算了，大概是地形又被改變了。

我們傳送到的位置地勢比較高，甚至能看見許多衛兵緊張地東奔西跑，下方居民不斷發出尖叫，四處逃竄著，有些來不及躲避的已被壓在石塊或土牆下，完全顯現這邊曾發生非常可怕的事。

不過之前應該已收到通知，留下的居民沒有很多，大概是來不及撤離的少數；衛兵雖然很緊張但還算有秩序，也有人在指揮。

天空幾乎被巨大的翅膀給覆蓋，之前我們看見的黑色龍群就在城鎮的正上方盤旋吼叫，大概有七、八頭，在離城市較遠處已被打下來一頭，一動也不動地整個掉在民房上，壓垮了一部分建築。

「黎沚他們大概在那附近迎戰。」學長彎下身，撿起一個很像遊戲傳送石之類的東西塞進口袋，然後抬頭看著滿天亂飛的黑龍，「先削弱一些再去和他們會合。」

我看著上頭巨大的黑龍，臉也差不多一樣黑了。

「削弱？」看著學長，我有種好像是我們會被削掉的感覺。

「我打下來，你困住目標物。」學長給了我非常簡單明瞭的任務分配……不要說得這麼簡單啊可惡！

看著手上的短槍，我一整個覺得這個任務也太驚恐了。

也不管我是驚恐還是驚嚇，學長拆下了身上某條綁帶，彎身綁緊他的腳。

對了，我都忘記學長腳受傷，雖然他很強，但是不趕快結束遊戲去治療還是不行的，這樣一直流血下去是人都會死。

……就算不是人也還是會死。

處理好傷口處之後，學長拿出長槍，「褚，你最好要給我全都困住，要是龍逃掉，你就給我自己再去打下來。」

在打下來之前你的拳頭會先下來吧我說。

「呃……我努力。」握緊了短槍，生平第一次打龍還是用這種方式打，讓我一整個緊張到最高點。

深深吸了一口氣後，也不管我有沒有做好準備，學長突然跳起來往旁邊的牆壁一踢，接著借力往上翻，然後順勢在幾個建築飛踏之後，眨眼間已到了非常高的地方，順著風與力道將自己拋到最高點，直接抓住了正好俯衝過去的某頭黑龍，接著完全消失在我的視線內。

很快地，我聽到空中傳來槍響，不知道是用子彈還是短箭，總之黑龍群裡爆出了憤怒的吼叫，再來是某頭黑龍的飛行動作突然混亂了起來，邊吼邊朝另一頭黑龍衝撞而去，轟地一聲巨響兩方直接撞在一塊。

速度非常地快，根本還沒過多久，兩頭纏打成一團的黑龍失速，重重摔進了離我很近的住宅區，然後旁若無人地直接在地面上扭打起來，還把周圍的建築全都打垮，非常囂張。

抓住這個機會，我朝那兩頭黑龍拚命開槍，反正不管有沒有打到，只要一直射就對了。

根本不曉得飛出去了多少銀色木刺，有的打在龍身上，有的打在旁邊，很快地，我發現攻擊生效了。

那些木刺像有自我意識般，用飛快的速度抓住了龍腳，接著往脖子和翅膀處纏繞上去，掉在周邊建築的則開始變成牢籠包圍，比我想像中還要快制住黑龍。

牢籠完全成形後，兩頭黑龍就算抓狂噴火、用身體撞，都無法撞開，只能被越抓越緊，最後整個動彈不得。

說眞的，我的人生還眞難得有這種成就感！

可以擺平龍超威！

但我的成就感並沒維持太久，第三頭龍就摔下來了，而且因爲看到前面的同伴被襲擊，很顯然地，已經開始有防備，當木刺飛過去時馬上就閃開了。

「要死！」

看著落空的木刺，那些銀色液體雖然很自立自強地擴展想包圍龍，但已有危機意識的三號龍張開嘴，朝還沒成形的液體噴出熊熊火焰，居然就這樣把那些木刺給毀掉了；接著，牠發現我的位置了，完全顯露正在抓狂中的紅色眼睛瞪過來，接著是恐怖的強悍壓力壓過來，讓我完全沒辦法閃躲。

三號龍悠悠哉哉地多走了兩步，在很靠近我的前方張開了暗紅色的帶血大嘴，讓我將裡面的喉嚨看得清清楚楚，還有那喉嚨裡正在跳躍的火焰。

我的人生竟然在瞬間成就感後要滅亡了……

不過這次衰運之神還算對我不錯，至少有先給我一點成就感再被龍打死，這種死法比被學長踩死還是爆腦死都好很多。

果然新年還是有特別待遇的，真是太令人感動了。

就在我含著一泡感動淚要踏上奈何橋時，一點一點亮晶晶的東西從空氣中飄了過來，直接在我身旁圍出了一個大圓。

那瞬間，龍噴火了，但卻被那大圓給擋下來，巨大的火束在噴上我之前直接分岔往兩邊燒，把兩旁的建築物瞬間燒成灰燼，然後留下我。

「危險危險，差一點就要看到隊友人肉乾了。」

我往一旁看，不知道要先感謝還是先白眼。

「拯救隊友是必要的，所以不用感謝我，我阿公就是希望我可以在隊伍裡幫助隊友，才讓我和你們一起旅行啊！」拿著法杖衝出來的黎沚還不忘唸他的台詞。

跟在他身後的是喵喵及莉莉亞，兩人略帶狼狽，大概剛剛也被黑龍群攻擊一輪。

「好危險啊，我們雖然提早到，不過遇上很多麻煩……這裡居然有人和魔王方商業合作要攻擊我們，所以還來不及完全疏散，龍就來了。」喵喵對我吐了吐舌頭，然後拍拍身上的灰塵髒污，「都是被遊戲封住能力啦，不然喵喵平常可以馬上擺平這種事情和低階龍說。」

「與其說這個，你們不認為應該先把這頭龍給解決掉嗎？」莉莉亞很死目地看了我們一眼，然後幾個箭步衝上去，在三號龍想再度打開嘴巴之前一腳踹上了龍鼻子，力量大到竟然把三號龍給踢開好幾步。

抓住了這個機會，我連忙朝三號龍補上了N槍，然後就和前面的兩頭一樣，順利地困住了三號龍。

這時候我才注意到摔倒王子好像不見了。

正想開口詢問時，上頭又傳來一聲咆哮，接著是四號龍掉下來，整個砸在銀色的牢籠上，然後是學長從龍身上翻起身，幾個借力跳躍後回到我們這邊。

這次就不用等我動作了，他一回來就劈手搶過了短槍，扣了幾次扳機後把疊在上頭的四號龍直接鎖起來，接著把短槍丟回給我。

「差不多了。」

他這樣說。

❄

在天空剩下四頭龍時，原本的吼聲和騷動慢慢停了下來。

似乎是知道地面上出現了不得了的對手還怎樣，那四頭黑龍突然各自飛向了城市的一角，有的停在塔尖上，有的停在屋頂上，停下了所有攻擊動作。

「接下來等阿利過來就行了。」學長將槍收起，環顧著四頭不動如山的黑龍，接著才轉回來看我們。

「……學長，我可以問一下你是怎麼把龍弄下來的嗎？」這個也太誇張，看著那幾頭被

困住的黑龍，連我都覺得有點哀傷了。

「你上課難道沒在聽課嗎？」學長瞇起眼，用一種好像隨時可以一巴掌打上來的危險表情盯著我看，「不管是幻獸系還是妖獸系的龍都有一個致命區，就是逆鱗，只要找到那個地方加以攻擊，可以瞬間奪取龍的行動力，嚴重時甚至可以奪取性命。」

喔，這個我倒是知道，是老梗啊……我的重點是你爲什麼可以瞬間打到四頭龍的逆鱗啊！聽說每頭龍都長在不同的位置，正常人應該沒辦法在眨眼間找到吧！眞是見鬼了！

難道你眞有自身內建雷達？

黑黑的槍口直接出現在我面前。

「對不起學長，我閉腦了。」

你這種一個不順心就把槍口對準別人的行爲到底是怎樣啊……

「對了，我也追蹤到遊戲意識囉。」黎沚把玩著法杖，一跳一跳地湊過來，「大家一進遊戲就被監視了，所以我順著監視感，探查到遊戲意識包含的詛咒感，好像是某種累積很久的恨意所製造出來的封閉咒術，似乎是打算將大家都困在裡面……你們最近有得罪什麼人嗎？」

「沒有。」學長馬上如此回答，一旁的喵喵和莉莉亞也都跟著搖頭。

騙鬼，最好你們是沒有得罪到別人。

「這就奇怪了，因爲遊戲意識很顯然是針對所有人來的喔。」環顧著一票人，黎沚聳聳肩，接著反手打開了一個長方框，「我將追蹤備份送過去，外面就拜託你們了。」

「這沒問題。」

從框框中傳來聲音的同時，中間也開始出現清晰的影像，仔細一看居然是然和辛西亞，背景好像還是我家的客廳……之所以說好像，是因爲我總覺得客廳變得好像不是客廳的樣子——

你們把我家客廳怎麼了！

爲什麼我剛剛看見後頭的牆壁有很像暗黑蜥蜴之類的東西爬過去！

「唉呀，漾也在嗎？」注意到我站在旁邊，然朝我笑了下，還甩手把那隻暗黑蜥蜴給打下來，「應該能在你們回來之前將這邊的問題處理完畢，所以請放心地玩遊戲吧。」

「我家是發生什麼事啊！」我快崩潰了。

「沒什麼大事。」

最好是！

「吵死了，你們在遊戲裡面還比較安全，給我乖乖打完再滾出來！」把然和辛西亞推開，冥玥的臉直接在顯像上放大，「還有，既然你是妖師家族的代表，就不要給我丟臉，如果輸給敵方，回來我就把你當靶子打。」

什麼時候變成家族面子之爭啊妳告訴我！

「總之，請安心玩遊戲吧。」

然後，通訊就這樣在我完全不能安心的狀況下結束了。

「我這邊也傳送完畢了。」合掌收起了通訊，黎沚轉過頭和學長交換了幾句我聽不懂的語言，就是沒人好心到告訴我我家到底是發生什麼事。

「……咦，可以和外面聯絡？」就在我有點快要自暴自棄時，我才注意到剛剛黎沚的確是用了通訊術法。

「只有黎沚能用。」學長指著一旁的黑袍。

「只有我能用。」黎沚很配合地指著自己。

「因為黎沚有不受規範影響的古代體質，所以能依照自己的需求使用己身力量。」收回了手指，學長漫不經心地隨便講了一下。

可以依照自己需求使用力量是吧？

「所以意思就是，大家都被這個遊戲封死了法術與幻武兵器，但並不包括黎沚嗎？」這次換我指著那張娃娃臉，不敢置信地詢問。

「就是這樣沒錯，漾漾你理解得還滿快的嘛。」露出一種讚賞好學生的表情，黎沚還給我用力地點點頭，「但是好孩子要遵守遊戲規則，所以不可以想走捷徑喔。」

我看著他，眼神都快死了。

接著，一巴掌搧上他的後腦。

「嗚啊啊——」

捂著後腦的黎沚露出被襲擊的創傷表情，「怎麼可以打老師……現在的學生眞的超糟糕，應該要尊師重道啊……」

「不好意思，下意識動作。」看著手掌，我想如果不是因爲他是老師或黑袍，說不定我最想做的不是巴他，而是直接掐他了。

你可以用法術還給我繼續玩啊你——！

「漾漾不可以這樣喔，要向老師道歉。」喵喵扠著手，很認眞地指正我，「又不是班導，其他老師不可以欺負的。」

意思就是班導可以欺負嗎？

不要這樣大小眼啊你們！

總之在喵喵和莉莉亞的瞪視下，我還是向黎沚道歉了。

一直站在旁邊冷眼看我們動作的學長突然側過身，抬頭看著上方，「到了。」

什麼東西到了？

就在我們也跟著往上望去的同時，停在城市周圍的黑龍再度騷動起來，還發出了不悅的低低怒吼聲，接著是一整片黑色再度從天空上呼嘯而過，不過這次距離我們很近，在上方翻動了一圈後開始慢慢降低高度。

出現的還是一頭龍，但不是黑色的，而是帶著銀藍光澤的青龍，體型和姿態也比黑龍優美許多，輕巧地振動著翅膀，降落到我們面前。

接著，從上面跳下來兩個人，全都是熟面孔。

一個不用說就是脫隊的摔倒王子，臉色還是非常臭，另一個就是最後才來會合的阿斯利安，穿著還滿正規的服飾，而且感覺滿高級的，身上有幾件飾品妝點增色，與青龍的顏色一致。

「唉呀呀，終於全部集合了嗎，我還在想該不會等遊戲結束了我還沒歸隊呢。」朝著我們一揚手，阿斯利安微笑著說：「我可是被放逐的龍騎士，不過比起龍，我還比較想當狼騎士說，這樣就可以把拉可奧呼喚進來一起遊戲了。」

不要把你家的幻獸一起拖下水啊我說！

而且你根本是我們全部裡面待遇最好的吧！竟然是龍騎士！也太威風了一點！

「對喔，喵喵也可以當貓騎士啊。」喵喵拍了下手掌，露出一副失算的表情。

……也不要把妳家的貓王拖下水。

「怎麼會這麼久？」看著走過來的摔倒王子和阿斯利安，學長問著。

「抱歉，是這樣的，在這個遊戲中我被賦予的角色背景，似乎是一開始被國王放逐到小城鎮的龍騎士……但是學弟你也看到這裡已經變成大城市了，總之就是被放逐到附近的山上還被關著，所以要解放我就必須找到青龍，找龍讓王子殿下稍微花了點時間囉。」伸出手，阿斯利安摸著垂下來的龍首，大致上解釋了一下原因，「幸好被你們即時解放，不然這個已經有一半與魔王方合作的城市，好像打算把我當商品拿去交易了呢，本來預計再過兩回合就要被賣掉。」

看著一旁整個臭臉的摔倒王子，我已經有點不想繼續吐槽了。

叫廚師去解放龍騎士到底是哪招？

「好耶，這樣人就全部到齊了。」喵喵拍著手，很高興地看著全部的人，「這樣我們就可以直接打進魔王的住處了！」

原來只要人到齊就可以打進去嗎？

遊戲要破層層關卡的常規呢？

不要又讓遊戲噴淚啊你們這些人！

「也差不多可以打開魔王大門了，正好魔王的龍使者留了四頭下來。」還眞的給我接下去的阿斯利安看著四周不安的黑龍，這樣告訴我們，「雖然因爲戰敗被國王放逐，不過因爲有龍的幫忙，我還是可以藉由黑龍身上的印記，打開前進魔族的通道。」

我看了學長一眼，他該不會早就知道四頭龍是通關關鍵吧？

「我看要快一點比較好喔，你們看下面。」指著城市下方，黎沚露出不妙的表情。

城市裡，原本殘存的人們和那些正在對抗飛龍的衛兵都停下動作，非常一致地轉向我們，臉上毫無表情，身後出現了與湖之鎭鎭民一樣的黑蛾翅膀，放眼所及全都是，乍看下非常驚悚。

「你們先擋一下。」快步跳回青龍上，阿斯利安抓著龍鱗，青龍立刻振翅翻身，往空中飛衝出去。

在青龍往天空衝出去的同時，本來盤據在四處的黑龍也跟著瞬衝出去，巨大的黑影在空中盤繞著，在龍與城之中，自空氣裡拉出了一條火焰，開始畫出了圓形弧度，接著是異樣文字圖形開始在空氣中熊熊燃燒，逐漸形成籠罩在整座城市上的大型法陣。

就在上方開始燒時，下方長翅膀的市民與衛兵也開始往我們這邊包圍過來，而且和之前不一樣，這次他們邊走還邊扭曲變形，除了那雙翅膀外，形體也變成另一種東西……像是混合了什麼妖獸元素般，重新組織成妖怪一般的人形，體積也跟著變大了兩、三倍不止。

是說變妖怪可能還比較好打，畢竟外表像人的東西在打時總會有種很奇怪的感覺，變妖怪我就突然覺得可以打下手了。

……眞是歧視啊我，沒想到我也會有外型歧視的一天，我到底是怎麼了？

「眞是自找死路啊。」

顯然與我有一樣感想的其他人也摩拳擦掌，有武器的掏出武器，有法杖的拿起法杖，跑路閃避什麼的根本不考慮了，全都擺出了想直接輾過去的表情。

妖怪的人權呢？

算了這次我也沒資格說別人。

「請大家安心地殺敵吧，喵喵會用力輔助大家的。」職業是祭司的喵喵抓著法杖開始祈禱，接著幫所有人都加了防禦術且增加了速度，每個人身邊都出現了閃閃發亮的光點，連我都有。

「這次總算不用一直跑了。」一樣拿著法杖的黎沚很快樂地揮動他的杖，附近開始聚集起風，周圍隱約還有雷光在閃爍，「爺爺一定就是希望看到這一刻！」

你爺爺是很希望你屠城嗎？

另一邊，根本連說都懶得說的學長直接甩槍、上膛，朝最前面一批撲來的飛蛾妖怪就是連續開槍，掃射的速度快到我以爲他拿的是機關槍而不是獵槍了。

武器裝備爲近戰屬性的摔倒王子和莉莉亞就非常有默契，完全選擇了相反方向，一前一後殺入敵陣了。

因爲大家都努力在掃敵，我當然也不能看戲，就拿著短槍開始跟著不斷找目標打。

天空中的火焰陣法趨近完成一半，速度並不快，看樣子大概起碼得撐個幾分鐘才行，這次連我都可以看出來了。

就在我認命打妖怪時，突然看見專心在幫大家加防術的喵喵身後閃出了白色的東西。

「小心！」

衝過去將喵喵撲倒時，我感覺背後傳來重重一擊。

幸好沒有很痛。

那個白色的東西也來不及給第二擊了，身爲法師也站在後頭的黎沚幾乎在同時將法杖當棍棒，一杖把那個白色的大狗像是打高爾夫球般整個打飛，又高又遠地最後掉到妖怪堆裡，還發出了砰地一聲。

「有沒有受傷？」黎沚連忙跑過來把我們拉起。

「沒有，吃到一點點沙子。」喵喵吐掉沙，接著一把抓住我，「漾漾有沒有怎樣？剛剛打得那麼重，你腸子有沒有露出來還是骨頭插出來……該不會內臟已經爛掉了吧？」

妳是完全覺得我玩遊戲會腸子露出來、骨頭插出來還有內臟爛成一堆嗎？

「……我沒事。」很鎮定地告訴她這三個字，但這次不只喵喵，連黎沚都露出了懷疑的神色。

「剛剛那一擊，正常人說不定已經變成肉醬了耶。」黎沚睜大眼睛，用看外星人的表情看我。

這就新鮮了，我第一次被外星人用看外星人的表情看。

「眞的沒事，之前幾次也沒怎樣啊。」我抬手看了看自己，連衣服都沒破，超神奇的。

「我看看。」如同之前學長的動作，黎沚一把抓住我的衣領湊到眼前，「啊啊原來如此，漾漾你的是超高階的皇家日常裝備耶，防禦性非常高，難怪怎樣打都不會受傷，現在應該被龍踩過去也不會有事吧！」

我並不想被龍踩過去啊謝謝！

不過眞的是高級裝備嗎！看來之前差點被學長釘在牆上的老闆沒有唬爛人，但是皇家的裝備也太普通了吧！一般應該要閃亮閃亮有氣勢才對啊……是因爲「日常」裝備嗎？也太日常了！

我有種很想去打皇家人的感覺。

「所以漾漾的職業是皇家嗎？」喵喵歪著頭，問了我也不知道的問題。

「……大概是皇家平民？」雖然這樣說，但眞的有這種職業嗎！

「不曉得耶，服裝看起來是皇家，但並沒有職業的樣式啊。」黎沚放開手，在我旁邊繞

來繞去，也很不能理解，「難道是僞裝平民的皇家百姓？」

那又是什麼東西！

「唔……一般遊戲中很耐打、攻擊力不很高、也沒有特殊任務，但會一直在隊伍裡面的……」這次好像眞的很困擾，喵喵整張臉都皺起來了，想了半晌之後才用力地一拍掌，「啊！喵喵知道了！」

「是什麼？」

我的職業之謎終於可以解開了嗎？

在我期待的目光之下，喵喵終於興奮地公布答案——

「吉．祥．物！」

……吉妳的頭。

有職業吉祥物的嗎渾蛋！

「唉呀，說不定眞的是吉祥物。」

看著還應和的黎沚，我眼神再度死透了。

「喵！」

學長，打你的妖怪，不要看笑話！

「好棒喔，原來我們隊伍的吉祥物是漾漾，這樣就不用找別的吉祥物了。」抓著我的手，喵喵的眼睛整個都發亮了，「那要取個小名嗎？」

我已經完全不想糾正喵喵了，當人生絕望到一個坎站時，就會什麼都隨他去了，一切都是過往雲煙啊哈哈……

還取小名個鬼啊！我是人不是動物啊！

「太好了，隊伍中有吉祥物就可以引領光明，這樣我們在對抗魔王時勝算就更高了。」一樣感動的黎沚還在我身上多摸了兩下，不知道是把我當成除厄雕像還是啥的，整個就是有摸有保庇的感覺。

我可以直接把你們引領到奈何橋上嗎？

就在我已經對人生感到有點失落時，天空突然震動了一下。不知道什麼時候，那四頭黑龍消失了，只剩下青龍在空中維持著一定的高度，下方的火焰陣法也完成了。

在紅火瞬間轉成黑火的同時，一扇巨大的黑色門扉從火陣下慢慢地拉出。整扇門以不明的金屬打造，黝黑中折射出讓人不舒服的血色流光，旁邊妝點著骨頭和血液，拉出來的同時還夾著血色雲霧以及濃濃的血腥氣味。

接著，魔王大門開啓了。

「全部人快點進去，魔王門開啓的時間只有幾秒！」正在掃人的學長發出了喊聲，然後轉身一把揪住我的領子往黑暗大門衝去。

——你可以給我自己走啊！

逼近時，我看見門裡完全是黑色和血色的漩渦，還可以聽見某種刺耳的怪異笑聲，我整個人都發毛了。

根本不給我選擇的機會，抓著我的學長毫無猶豫地直接衝了進去。

在被黑黑紅紅的東西淹沒之前，我看見喵喵和黎沚隨後也衝了進來，接著是摔倒王子和莉莉亞，最後是抓著青龍從天空上穿過陣法衝下來的阿斯利安。

轟然一個巨響後，魔王大門關起。

❄

再度恢復意識，已經是不知過了多久之後的事了。

首先感覺到的是附近有細細小小的水聲，接著是一點點的刺痛感，然後我睜開眼，可能因爲周遭相當暗，一時間張開無法視物，過了幾秒，眼前才慢慢清晰起來。

這是個非常荒涼的地方。

黑色的土地、黑色的石塊，還有黑紫色的天空和隱藏之中的黑色雷電，完全就是魔王會住的經典之處，寸草不生、到處都是凹凹凸凸的坑洞土丘，看起來一副很難走的樣子。

這片荒土大地非常遼闊，一眼望去沒有盡頭，但稍微有點距離的遠處，可以看見像是小村子般的破敗地方。

等刺痛感過去後，我才爬起身，有點緊張地環顧四周。

大概兩秒後我就看見躺在另一側的學長，也是暈的，這點還滿新鮮的，因爲我很少看見學長暈倒的狀態。

但是除了學長以外，就完全沒有看到其他人了。

「這是叫我自己要自力更生嗎？」有點驚恐地看著一大片黑暗土地……難道玩到這階段還要再重新聚集一次同伴嗎？這樣我寧願拿刀把自己插死。

有點緊張地爬去學長身旁搖了他幾下，按照平常情況，他應該在我還沒碰到時馬上就會張開血紅眼先狠瞪我再說，可是這次很反常，我搖了好幾下學長都沒醒，到後來根本是用推的，可是對方還是沒醒……雖然想打個兩巴掌，但還是不要好了。

把手掌放在學長臉上比劃了幾下，不管打哪裡看起來都不太合適，而且喵喵如果看到學長臉上有巴掌印，大概會把我的臉也打到開花……等等，學長好像在發燒？

「不會吧？」按著學長的額頭，我確定了讓人絕望的猜測。

學長眞的是見鬼地在發燒。

啊，該不會是那個傷口的關係吧？

一想到這兒，我連忙七手八腳拆掉學長的綁腿，果然看見被龍打到的傷口出血得很嚴重，而且傷口好像比我之前看到的更猙獰，整個都浮腫發炎了，他的處置方式竟然就是拿布條多綁兩圈！

這個遊戲到底會不會死人啊？

看著冒血的傷口，我突然有種難怪學長會越來越暴躁的感覺……你該不會是拿修理我跟怪物轉移注意力吧！

糟糕，我眞的不知道該怎麼處理這種傷口。

想了想，我先拿了學長身上的背包，從裡面翻出一些看起來應該是藥物的東西和乾淨的布塊，大致上先做了初步處理和包紮後，再把綁腿給繫回去。

被我這樣翻來綁去的，學長還是沒醒。

望向遠方的小村子，我把東西收好後，認命地揹起學長，打算先去那座破爛的小村子，看看有沒有可以求助的地方。

幸好學長的體重並沒有被遊戲改變，還是輕得很異常，不然壓也被壓死，走到那邊大概連我都沒命了。

「可惡，明明就受傷了，起碼攻擊性不要這麼強，也不要衝出去打掉四頭龍啊……」眞是不要命了。

邊抱怨邊移動腳步，我就這樣靠著自己碎碎唸支撐著，一路往那座破舊小村子走。

揹在身上的人體溫似乎有一直往上升的趨勢。

很努力地走到那座村子後，我才發現這是個已被毀滅的村莊，完全沒有人，只剩下被破壞的建築物。

倒牆、破損的木樁……就是沒有任何可以幫得上忙的東西。

「你的同伴被龍打傷，龍造成的傷害是每回合的體力遽減，生命值降到最低時會嚴重發燒，然後急速耗損所有能量而衰竭死亡喔。」

我轉過頭，看見一間石板小屋破損的半張木門被推開，米莎從那裡面走出來。

我倒退了兩步，沒想到竟會在這裡遇到遊戲意識，這眞的是天要亡我嗎？

看著我警戒的動作，像是覺得很有趣般，米莎嘻嘻地笑了起來，「雖然我比較想要大哥哥你，但是從其他人開始收拾也沒關係，只要死掉，就可以將他永遠留在遊戲裡了呦。」她揹著手，很愉快地朝我們走了兩步，又停下來。

「……我們到底哪裡得罪到妳了？」看著據說含有怨恨詛咒的遊戲，我也有點惱怒了。

「不懂你在說什麼耶？」米莎偏著頭，有點不解地眨了眨眼，「但是，一定要將你們留在這邊陪我玩喔。還有，你們都以爲自己很厲害、很強，看不起小人物，所以要給你們一個大大的教訓才行。」

很厲害、很強？看不起小人物？

學長他們有得罪過哪些比較平民的人嗎？

……算了，我就算想也想不出來，還是不要深究比較好。

「你們以爲自己眞的有那麼強嗎？我就要證明這點，所以你們要留在遊戲裡一直陪我玩喔，絕對不讓你們出去。」米莎舉起手，身後再度走出了那些白色大狗，「看不起他人的人，是要付出代價的……」

「等……等等！」連忙開口打斷女孩的話，我整個人差不多開始冒冷汗，但又很怕她會打到學長，左右看了看，我把學長先暫時安置在一邊建築物的圍牆角落，然後整個人擋在他前面，「雖然我不清楚是哪裡有得罪到誰，不過妳最終目的是要把大家都在遊戲裡面嗎？」

「是喔，大家一起玩很快樂呀，所以絕對不能讓你們離開這裡。」米莎微笑著，然後在一邊的牆頭坐下。

「既然如此，我可以先留下來陪妳玩，但是妳可以先告訴我治療龍傷的藥要怎麼得到嗎？」眼前最重要的是先治癒學長的傷口，接著我想不管被困在遊戲還是怎樣，他一定都會有辦法處理的。

這樣比起來，我大概只能做到這樣的事吧。

米莎有點疑惑地看著我，又思考了一陣子，之後才開口：「好呀，反正其他人一樣都得困在遊戲裡，先給你藥也行，那麼你要留下來陪我玩喔。」

「好……」

「好你個頭！」

在我才剛要許下承諾，突然有個力道由後從我的屁股踹下去，把我整個人踹往前，直接臉撞在地面，瞬間劇痛從面部傳來，腦袋和眼睛裡充滿了很多亂飛的星星。

越過我正上方的是一整串的槍響和米莎的尖叫聲。

掙扎著翻過身，我看見的是寒著一張臉的學長，不知何時清醒了，拿著長槍對著聽說是遊戲意識的女孩狂打。

一陣攻擊過後，米莎和白狗都不見了。

然後學長轉過來，「你是白痴嗎！」

那瞬間，我看見了鞋底。

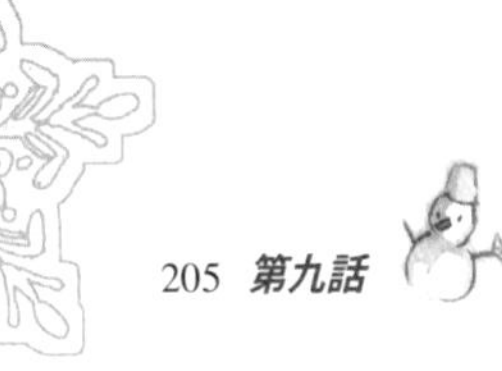

❄

摀著臉，我現在非常哀傷。

沒想到這套衣服只能保護有衣料覆蓋的部分，早知道就買頭盔或面具了，起碼被學長踹臉時才不會這麼痛啊啊啊啊啊——

踹完人又勞動過的凶手滑坐回原本的位置，長槍就落在一邊。

「褚，你是想氣死我嗎！」過度勞動而喘氣的學長露出殺人的目光，直接向我瞪來。

就算沒有這麼想，你也還是氣啊，我有什麼辦法！

但是因爲學長現在的表情看起來像是會再衝過來多踹我兩腳，所以我連話都不敢說了。

按著胸口，等呼吸順了點之後，學長才再度開口：「這種傷還沒必要與對方交換條件，你忘記阿利的職業是什麼嗎？」

「呃，龍騎士。」才剛剛遇到怎麼會忘記，超清楚的，還是所有人裡面最威的角色，威到我都嫉妒了。

血紅色的眼睛再度瞪來，「所以他那邊一定有龍傷的藥。」

啊，原來如此！

我按著臉，突然覺得自己被踹活該了。

「嘖。」又看了我一眼，學長才收回想把我刮成幾千片的視線，「我放了訊息出去，阿利應該很快就會來找我們會合了。」

說著，他的聲音又小了下來，在我發現時，已經又昏了過去。

我抖著手去摸他的頭，發現那已經不是輕微發燒了，根本就是滾燙，說不定打顆蛋上去還會變成荷包蛋。

眞的可以撐到阿斯利安來嗎？

在我懷疑時，天空中傳來了振翅的巨大聲響。

然後我才放下心。

一轉頭，青龍和龍騎士從天而降，依然是威到讓村民B的我對遊戲安排咬牙切齒。

還沒落地，阿斯利安就先跳下來。

「學弟放了緊急訊息過來，你們發生什麼事了？」快步跑來，一見學長暈了過去與四周的打鬥痕跡，阿斯利安露出有點驚訝的表情。

「你那邊有被龍打傷的專用藥嗎？學長好像在好幾個回合前被龍打到。」連忙把大概的狀況稍微向眼前的紫袍說明，我扶著學長，連講話的聲音都有點抖了。

幸好，阿斯利安點頭了，「有的，龍騎士都會配備傷藥，我馬上拿過來。」

我看著他迅速地衝回青龍身邊，然後在龍身上抓了幾下，再跑過來時手上已經多了一罐小小的白色東西。

看他眞的拿出藥，我也趕快拆了綁腿，讓阿斯利安可以用龍的傷藥幫學長治療。

不久後，藥眞的起效用了，學長開始慢慢退燒。

「看樣子還要等一點時間，起碼得休息一回合了。」將龍藥塞進我的包包裡，阿斯利安解下了披風墊在地上，跟我一起把學長扶上去躺好，「學弟也眞是，每次都硬忍，如果這次隊伍裡沒有龍騎士怎麼辦呢？」

……就掐著黎沚的脖子開外掛吧。

「阿利學長，你有看到其他人嗎？」青龍上似乎也沒有其他人了。

「沒有耶，但是剛剛有初步聯繫，大家都決定直接在魔王城會合，比較節省時間，倒是你們剛剛被什麼攻擊了？」端詳著周圍的狀況，阿斯利安詢問著。

我立刻將遊戲意識的事告訴他。

聽完之後，阿斯利安也微微皺起眉，「看不起的小人物？」

「阿利學長你有頭緒嗎？」

看著我，阿斯利安搖搖頭，表示他也不曉得是誰，「我的話，並沒有得罪過這樣的人，至少記憶中沒有。但是其他人我就不曉得了，我所知的範圍內，王子殿下倒是得罪過不少人，說不定就有類似這樣的小人物。」

……這樣講也是。

摔倒王子根本無時無刻都在得罪人，他真的是最大的嫌疑犯！

不過話說回來，他是在遊戲進行到一半時才加入的，但那個米莎在之前就已經找上我們，可見除了摔倒王子外，一開始就進入遊戲的我們之中也有她的目標。

到底還有誰？

先撇去學長和喵喵不說，我覺得五色雞頭和黑色仙人掌的嫌疑也很大。

搞不好是哪個小人物有一天突然與黑色仙人掌擦身而過，結果被挖內臟了也說不定。

和阿斯利安大眼瞪小眼了半晌還是得不到結論，我們很有共識地放棄這個話題。

「眞不知道什麼時候才能離開遊戲。」我看著黑色的天空，嘆了口氣。也不知道外面的時間經過多久了，如果現在出去時已經初五還初七就好笑了。

「打完魔王後決定勝負，只要遊戲一結束就可以立刻打開通道，照理來說就會回到家裡。」阿斯利安回答了我的自言自語，「就算遊戲意識想阻攔，但眼下這裡起碼有五位黑袍，我想應該有相當難度，所以你不用太過擔心。」

這麼說好像也是……

但是這五隻黑袍……好吧四隻，聽說也被遊戲封印能力不是嗎？

我抱著頭，悲傷了。

「學弟好像醒了。」

就在我有點疲勞昏沉沉時，始終持續看顧四周的阿斯利安突然打破了沉默。

我愣了下，才回過神，轉頭去看時阿斯利安已經把學長扶起。

「一共休息了約兩回合的時間。」在學長還沒開口詢問前，阿斯利安先說了，「學弟你的狀況還好吧？」

「廢話。」學長白了對方一眼，還瞪了我一眼，接著拍了兩下傷口，「好得差不多了，其他人應該已經到魔王城了，馬上趕去。」

「學弟，不要勉強吧？」阿斯利安瞇起眼，用懷疑的表情看著站起身的學長，「龍造成的傷應該無法這麼快痊癒。」

「可以走就是好了。」撿起了地上的披風丟回給原主，學長打開了大地圖，「其他人也差不多快到魔王城了，我們現在趕過去大概需要兩到三回合的時間。」

「用青龍只需要一回合。」走過去一起看著已經轉變地形的大地圖，阿斯利安指著上面的路線，「從空中可以縮短雙倍的時間，所以學弟你可以多休息一個回合沒關係，用龍笛加強龍的飛行速度還可以更快到達。」

「那現在趕上去剛好，不用浪費時間了。」關上大地圖，學長還是堅持馬上出發。

連在一旁看的我都完全可以感覺到，阿斯利安想一棍打昏他的心情，但大概也是基於打不贏黑袍之類的原因，只好聳聳肩，「那麼我讓青龍速度緩一些，學弟你盡量在上面多休息點時間吧，玩遊戲沒有必要這麼賣命地玩呀。」

眞是說到我心坎裡了，我也覺得爲了一個遊戲有必要這麼賣命嗎！重點是我也差點玩到沒命，到底是爲什麼會有這種鬼遊戲啊！

先不說有沒有詛咒，這遊戲本身就很要命了我說。

「啊，學長你要不要用我的裝備啊？」看他們好像打算要出發了，我連忙跑過去問。因爲衝前面的都是他們，這種打不死的裝備給我好像有點浪費。

學長看過來，紅色眼睛裡居然裝著鄙視，「褚，我不想花時間收屍。」

何必這樣！

我也不一定一換裝就被打死啊！

「學弟說的沒錯，褚學弟你還是穿著比較好，我們有其他方法可以補足防禦力的。」阿斯利安說得很委婉，可臉上的笑意也讓我想一巴掌打過去。

現在我完全可以體會什麼叫作好心被雷劈。

「那就出發吧。」揮手招來在一旁休息的青龍，阿斯利安稍微向我解釋了乘龍的方法，講完後沒多久我就看見學長已經待在上面等我們，還一臉很不耐煩的模樣。

龍耶……

曾騎過飛狼和一些奇奇怪怪的東西，但這種活像電影裡才會出現的龍好像還是第一次，讓我有點興奮。

看著比飛狼還大個兩、三倍的青龍，我很努力地在阿斯利安的幫助下爬到頸子上面。雖然是在遊戲裡，但龍的觸感異常眞實，連吸呼造成的鱗片起伏都可以感覺到。

抓著我走到前頸的皮鞍邊，阿斯利安拉了兩條繩子起來固定我的手跟腳，然後確保了下繩子的穩固，「因爲只有一副鞍具，所以就讓褚學弟你使用吧，要小心不要摔下去了……遊戲裡從龍身上掉下去會怎樣我也無法保證。」

還要什麼保證，不管遊戲裡還是遊戲外都一樣是摔死吧。

「學弟你也是一樣，請不要想在龍上面做什麼奇怪的準備，我並不想連遊戲裡的狀況都還要向夏碎學弟詳細條列報告，很辛苦的。」雖然臉上在微笑，但講出來的話黑到可以和墨汁相比，警告意味連我都聽得出來，所以坐在一旁的學長當然也完全可以理解對方的「話裡含義」。

學長冷哼了聲，還眞的乖乖不動了。

這招眞好用啊，不過如果換成我講，大概會被學長隨手種掉，眞是羨慕可以用的人。

擺平學長後，阿斯利安拿出一個白色、像是一小節骨頭模樣的東西叼在嘴邊，然後慢慢地撫著青龍的鱗片。

隨著他的動作，青龍突然張開巨大的翼翅，振動幾下後開始往黑色的天空上升。

看著越來越小的下方的物體，在我們離開後，那座破敗的小村子突然開始位移，周圍鑽出了不同的建築物，規模也擴張了不少，在青龍飛遠的最後，我還看見有不知是人類還是妖魔的東西出現在街道上走動，連燈火都出現了。

怎麼說……變動過後的街道我總覺得有點眼熟，好像是之前曾看過的什麼聚落，不過因

爲只是遠遠地一瞥，所以也不太確定了。

「接下來我們就會直接衝進魔王城，不再走陸路了，算起來應該是這個遊戲最終的幾回合，主要目的是把公主救出來，這樣遊戲就可以告一段落。」拿下了龍笛，確認高度後，阿斯利安轉過來告訴我：「所以褚學弟你不用和魔王方硬碰硬，我們會處理，你想辦法接近公主，先搶到人就算贏。」

「呃，了解。」我只是比較擔心在碰到公主之前會不會先變成肉醬，「是說雖然公主是遊戲角色，可是到現在都還不知道公主長啥樣子，如果搶錯了怎麼辦？」誰知道公主會是青蛙還是蛤蟆，千冬歲他們也不是笨蛋，怎麼可能直接把公主吊著隨便我們去拿。

「嗯……這也是麻煩之處，我身上也沒有公主的畫像，只知道公主好像是個美女的樣子。」想了想，也覺得自己在說廢話的阿斯利安聳聳肩，「但是比較難以理解的是，我原本以爲公主會是玩家，沒想到會是遊戲角色。」

看來阿斯利安和我的疑問是一樣的，救遊戲角色，感覺超沒勁。

但所有人都已經出現、角色也都確定的狀況下，也沒人再闖進遊戲，看來公主的角色眞的完全是虛擬人物。

希望不要是米莎就好了。

搞半天最後出現的是遊戲意識我會想吐血。

談話大致上就這樣告一段落了。

總之我最後被賦予的任務很簡單，就是不要管所有的人和事，去搶到公主就對了。

這對我這種綜合能力超弱，打也打不過別人，目前唯一優點只有耐打度很高的人來說，搞不好還眞的是最適合的……

但是爲什麼我有種哀傷感……我也好想當一次英雄角色看看喔……

「魔王城快到了。」

不知在天空中又飛翔了多久，阿斯利安指著正前方，讓我們全都跟著向前看。

一片黑色的雲在青龍高速衝破之後，擦過我們周圍，顯露出最後的遊戲終點。

那眞的就是非常經典的大黑城堡，上面還有幾頭黑龍飛來飛去，周圍充滿了血腥氣息，扭曲的尖石叢林包圍著整座城堡，像是保護環般不讓任何人入侵。

還眞的是魔王城……

到底爲什麼遊戲中的魔王城都喜歡長成這種德性啊？

盤旋在魔王城上方的黑龍發現空域中的入侵者後，紛紛朝我們咆哮嘶吼，快速飛來。

「我們直接衝進裡面囉，兩位學弟千萬不要被甩出去了。」阿斯利安抓住了龍鱗，咬住了沒有聲音的龍笛，很用力地吹出只有龍聽得見的頻率。

收到騎士的聲音，青龍也跟著咆哮了一聲，然後張開嘴，一整束銀藍色的光直接從牠嘴巴裡噴了出來。

衝在最前面來不及迴避的黑龍著實地撞進藍光裡，發出了幾聲怪叫後，腦袋結冰，整隻往下掉了。

「攻擊回合開始。」

❄

我總覺得這個遊戲並沒有想像中長。

不過絕大部分原因，我想應該是這票人用不是人的方式在玩，把本來可能要關個十天的遊戲用一天就破關之類的。

直接跳過了傳說中的地面纏鬥回合，還把空中的龍都噴成冰雕之後，我方的龍騎士基本上毫無阻礙地直接衝到了魔王城的正上方，接著還打開大地圖定位，直接鎖定魔王方所在位置後，就讓青龍勇往直前——

把別人家裡直接撞破一個大洞衝進去。

這讓我完全知道爲什麼這些袍級有事沒事出個任務，都可能要賠償鉅款，因爲他們以節省時間，也就是快狠準爲主要方法，大門不走走捷徑，捷徑還要先撞破牆壁。

抱住了頭，在牆壁撞破那瞬間，我還感覺得到石頭玻璃之類的砸到了身上，然後順著龍的衝力又整個彈開。

青龍翻轉了一圈，在撞上新的牆面前緊急煞住，我也差點跟著彈出去……要知道緊急煞車很容易出意外的。幸好身旁的阿斯利安一把抓住我，才沒有繼之前的慘案後又再次黏壁。

這是間非常大的室內空間，大到幾乎有兩座足球場那麼寬廣。

兩側排滿了黑色石柱，每根柱子上都有一個浮雕，完全沒有重複地雕塑出不同姿態的魔獸或妖怪；在這些塑像上都安置了燭台座，提供了廣大空間的照明。而地面也是光滑的不明

黑色石頭打磨而成，但踏在上面居然沒有倒映出影子，連青龍這龐然大物都沒有映出來，就只是整片黑，讓人覺得有點毛。

「你們算是第一支進入到魔王城的小隊伍。」

就在我盯著地面瞧時，某個還是很熟悉的聲音出現在大廳另一端的盡頭。

跟著望過去，我才看見那裡有個滾下來可以摔死人的高階梯，然後上面還有三張長得不一樣的王座，前面丟著一個全身白衣，臉朝下還戴著頭紗所以看不清楚面孔的人。

根據那身華麗的衣裙來看，完全可以猜到那位就是我們要找的公主。

很像某種垃圾被丟在王座前的公主殿下，意外地沒有啥特別的束縛，只用個大大的鐵籠子關住而已。

說話的人從王座後走出來，也就是最後一個水魔王，千冬歲。

既然千冬歲在這邊，那我肯定萊恩可能也在我們附近，但是完全沒看到人影。

「你們其他的隊友正在外面與我方的魔王對陣喔，雖然比你們早到一點，但是到現在還沒辦法攻進來。」還是和之前一樣穿得全身黑的千冬歲走到了王座前，直接坐在正中央位置，然後指向我們，「既然先進來的是你們，那我就不客氣地先和你們玩玩了。這個爛遊戲把我困在這裡，起碼要打贏回去才能對我哥有個交代。」

你確定不是因爲被爛遊戲困在裡面，所以才要打我們出氣嗎？

「那大家就各自勝負啦。」從龍身上拿下長劍，阿斯利安就像往常一樣優雅地拔出劍，雖然武器略有不同，不過看他似乎也是馬上就能上手的樣子，讓我懷疑起該不會要當袍級的人，都得通過百種武器的鍛鍊吧！

也太操勞！

「廢話少說。」坐在位置上的千冬歲突然一收手，本來什麼都沒有的黑石地面隨著他的動作波動了下，然後綻出層層漣漪；接著黑水從地面湧了出來，旋繞出黑色水龍，體型幾乎與青龍差不多，一出現馬上吐出咆哮，空氣也爲之震動。

還沒反應過來，黑色水龍眨眼間便出現在我們面前，重重撞上了青龍，兩頭龍立時扭打在一塊，從破洞飛衝出去。

少掉了龍，大廳突然空了下來。

站在一旁的學長幾乎也在此時甩出長槍，毫無遲疑地擋住側邊，一連串金屬撞擊聲和火花直接擦著槍管砍下來，與我們上次遇到的是相同模式。

依然沒偷襲成功的萊恩嘖了聲，然後握著刀往後跳。

「近距離的戰鬥就讓我來吧。」阿斯利安持著劍晃到學長前面，直接把人給擠開，「我對這位學弟的戰鬥方式也很感興趣，今天終於可以正式交手。」

看著阿斯利安，萊恩也從善如流地擺出了戰鬥架式。

「根據情報，冰炎殿下目前雖是攻擊系的獵人，但在遊戲內被封住了能力，攻擊方式有限，和身為水魔王的我實力有段差距，我只要在時間內不要讓你們接近這邊，救不到公主，幾回合後我們就贏了。」好整以暇地坐在高處，千冬歲彈了下手指。這次換天花板綻出了漣漪，平靜之後上面出現了整個遊戲區的大地圖，其中繪製了超完整的村莊和城市分布圖。和我們不一樣的是，這張大地圖上只有兩種顏色的光點，一個是藍色的光點，一個是紅色的光點，每個區域都有好幾個點，看起來藍色的數量稍微多了些，但紅色也在迅速增加中。

「因為經濟和商業管道制裁，倒戈魔王方或與我們簽訂聯盟的城市越來越多了，紅色光點代表魔王方，再過幾個回合後估計可以壓過藍色數量。這樣一來就算不用殲滅你們，魔王方也可以獲得勝利。」千冬歲支著下頷，微微動了幾下手指，就在我們面前拉起了整片黑水做成的尖刃，層層隔開了通往公主的道路，「雖然我們這邊攻擊系的人沒你們多，不過我的情報收集力與歐蘿妲的商業能力加起來，可不會輸給你們；在你們努力打妖怪時，遊戲世界的所有情報和商業模式已經全都被我們摸透了，再多點時間，整個天下就可以是我們的了，而且還不用流血侵佔，就算遊戲意識再怎樣干擾，都沒辦法破解我們的經營網。」

……妖怪啊。

我們這隊有攻擊妖怪，敵方那隊有腦袋妖怪。

這種外星人對決的遊戲，怎麼可以讓我這種如此正常的人參與。

看著高高在上的千冬歲，學長瞇起了紅色眼眸，「原來如此，難怪你們沒有很認真襲擊我們。」

「嗯啊，反正也很難打贏。我方的實力，我還評估得出來，而且魔王方的人本來就很難合作，所以不如從其他地方下手，勝算會比較大。」完全明白與五色雞頭他們不可能齊心協力合作，千冬歲很直接回答了學長的話。

「那就沒辦法了。」學長舉起槍，毫不客氣地朝四周發射，打散了所有黑水尖刃，「所以這場不打贏我們就會輸掉遊戲。」

我其實很想說……輸掉遊戲也沒什麼不好吧，先結束遊戲啊你們！

……不對，不要輸掉比較好，不然會被黑色仙人掌拔內臟還會被冥玥當靶子，怎樣想都是我們比較虧，所以絕對不能輸！

「褚，閃遠一點。」看起來好像眞的要拿出大絕招的學長丟開斗篷，然後從自己身後槍袋又拔出一把短槍……你到底是從魔物幻獸和龍那邊挖來了多少槍？還有你的袋子難道是傳說中的異次元空間嗎，爲何可以拔得如此自然！

不過既然學長已經叫我閃遠一點，我也連忙閃到牆壁邊，完全不想被牽扯進去一起陪葬，而且我也有個任務，就是趁大家不注意時去搶公主。

看著學長動作，坐在最上方的千冬歲站起身，四周的黑水也隨著他的動作開始向上拔高，出現無數水柱排列在整座大廳的地板上。

轟然一聲巨響，魔王與獵人開打了。

❄

沿著牆壁，我在幾人打得昏天暗地的情況下，用最不起眼的方式偷偷摸摸地往前移動。

剛剛撞進來的大洞附近有阿斯利安和萊恩在纏鬥，千冬歲與學長則是已經打到快要把另一邊的牆壁給轟了，這時候我突然有點感謝我是個路人角色，完全被忽略掉了，而且還可以躲避危險，眞是老天保佑。

就在背景呈現的是四人轟炸大廳鬥毆的同時，我也悄悄往王座階梯靠近。

不知道是不是刻意的，學長在射擊黑水時還掀起了許多塵土砂石，把四周空氣弄得霧濛濛的，也就是因爲這樣我反而更不顯眼，更好活動。

可是缺點就是有點看不太清楚，只能摸著凹凸不平的牆壁賣力前進。

魔王城的大廳也不知道是什麼鬼牆壁，布滿割手稜角，一個不小心還會剝掉幾塊，材質意外地脆弱。

仔細一看，牆上幾乎全都是亂七八糟的浮雕，而且還有骨頭、骨頭……人的骨頭……還是不要亂看好了。

我努力地忽視剛剛不小心發現的一堆人骨拼牆，把目標放在那個該死的公主身上繼續向前走。也不知道搶出來可不可以先巴個幾下再說？

沒事被魔王抓什麼抓啊可惡！

就不可以效法一下其他人，被魔物抓到時先把魔物打成豬頭之類的嗎，害我們還要千里迢迢一路追趕過來才可以結束遊戲。新時代的公主不是應該自力救濟，即使沒辦法把魔王打成豬頭，還是稍微可以生命力堅強地逃亡嗎？

我認識的女孩子幾乎每個都可以把魔王打成豬頭呀！

邊抱怨邊轉移注意力時，我突然聽見附近有某種怪怪的咖啦咖啦聲，因爲學長他們械鬥的聲音太大了，所以那陣聲音我也是突然意識到，專注一聽才發現似乎已經持續很久，是某種有規律的咖啦咖啦聲，像是有啥一直掉下來的那種感覺……

循著有點近的聲音往回看，我看見剛剛我摸過的凹凸牆壁居然在掉塊，就好像劣質天花板下雨之後浸水會剝落一樣，以某種怪異的方式不斷地成塊狀掉落下來，邊掉邊發出聲音，一路上已堆滿了不少牆壁石塊，整齊地排出一條路線，看起來非常詭異。

正想對學長打個手勢時，我竟然看見石塊突然又一塊塊飛起來，裡面還摻夾著許多骨頭，有人骨也有不知是啥東西的骨頭，以某種怪異的方式從地上浮起，接著跳動了好幾下，居然抽出黑蛾翅膀。

「我靠！」

沒想到遊戲意識還沒死心，我連忙拿出短槍，也不管會不會被發現，直接朝那些東西開了好幾槍。

可是，很快我就發現，不只經過的地方，連我還沒走到的牆壁也都開始剝落，更驚悚的是柱子上的妖怪浮雕居然也開始鬆脫，離我有點距離的妖獸整隻掉了下來，身上抽出黑蛾翅膀後，竟慢慢地伸展四肢，活動了起來。

正在鬥毆的學長和千冬歲立刻發現不對勁，與後頭的阿斯利安他們雙雙停下手，看著四周的變化。

一根靠近王座的柱子上的梅杜莎雕像動彈著，接著整副身軀從柱子上彈開來，纏在上面的蛇身也開始慢慢恢復鱗片的光澤，移動了起來。

在她背脊後抽出黑蛾翅膀後，原本妖魅的臉孔居然換上了米莎的臉，而且還朝我們所有人露出詭譎的微笑。

「遊戲是不能結束的。」

米莎移動著巨大的蛇體，緩緩直起身，「你們所有人都必須留在這裡接受永恆，遊戲不會結束，只會永遠地運行。米莎不會接受你們想離開的念頭，看不起他人的人要一直陪我玩喔，所以大家留下吧。」

看著又冒出來的女孩，站得比較靠近的學長給她的回覆，就是連續幾擊快發打斷飄舞的蛇髮，把女孩激得發出怒吼。

「聽妳在廢話。」每次都是動作比話快的學長先打了人才開口：「快點贏了比賽結束這個爛遊戲。」

我完全看得出來學長的耐心已經到極限了。

「贏得遊戲的是我們！我要把勝利帶回去送我哥！」

我也完全看得出來千冬歲的理智線斷掉了。

「總之，你們要留在這邊繼續玩，永遠地玩下去喔。」無視兩方人馬的放話，米莎露出微笑，這時候整座大廳已經聚集了許多黑翅膀的妖獸和不明的骨頭，把我們和魔王方團團包圍。

本來想搶公主的前路也全都堵滿了那種東西，甚至我的正前方還有個人頭骨正在朝我嘎嘎嘎地笑。

而且更不妙的是，我發現鞋底下的地板突然整個變得有點黏黏的，一抬起來看整個都是拔絲的黏膠，驚悚的是，黏膠裡似乎還有許多小蟲，細細小小的東西萬頭攢動，瞬間讓我超想吐。

整座大廳情勢僵持了下來。

這種時候，打破不利狀況的是從大破洞撞進來的黎沚。

他整個不知為何飛了進來，力道還很大，把洞口附近的妖獸雕像重重地撞了下去，塑像被撞成碎片散在地面……難道你比石頭硬嗎！

「嗚啊，嚇死我了，沒想到九瀾居然打得那麼大力。」把石雕給撞碎的某黑袍似乎沒什麼受傷，一邊吐舌頭一邊站起身，然後半秒後看見充滿黑蛾翅膀妖怪的大廳。

有那瞬間，黎沚好像也嚇了一跳所以沒有反應。整個大廳的妖怪也被闖進來的人驚了下，瞬間一致地把視線全轉向不速之客。

這讓黎沚也瞪大眼睛，抓抓頭，有點為難地開口——

「欸……打擾了，我要再走出去嗎？」

「走你個頭！」

第二個進入的摔倒王子顯然腦袋清楚很多，直接往黎沚的頭上一拳轉下去，後者哇哇叫了幾聲跳開。

然後跟在摔倒王子後頭的是喵喵和莉莉亞，再來就是追進來的魔王方其他人，越過這票人看出去，我看見了剛剛所見在魔王城外的不少阻礙，居然被夷爲平地了，看過去完全坦蕩蕩、光滑滑，什麼都沒有，就好比剛鋪好的柏油路般那麼整齊乾淨。

你們也打得太誇張！

「漾～你也到了嗎？」甩著手，周圍還有火焰的五色雞頭，一眼馬上看到正想繼續偷偷摸摸的我，「剛好，江湖事江湖了，本大爺就把你們這些正義俠客一次掃平！」

並不想跟你江湖了啊可惡！

行蹤暴露後，連九瀾與奴勒麗都發現我的存在了，這讓人怎麼去搶公主啊！

在我邊抱怨的同時，眼前突然一花，好幾個機關人形擋在我前面，而且還超級要命地都亮出武器，一整個就是打算直接把我變成絞肉的樣子。

「繼續剛才的打鬥，不要隨便對學生下手喔。」跟著也冒出來擋在我面前的黎沚拉出了法杖，直接擋下要往我頭上劈的刀，「而且大家還有共同敵人喔。」

說著，黎沚轉出了亮亮的法術光，把包圍的機關人形直接壓成扁扁的，然後看向室內的米莎和滿滿的黑蛾翅膀。

「這倒也是，明明就是玩遊戲，遊戲意識不要出來搗蛋啊，不然誰輸誰贏都不會服氣的。」撥動了長髮，坐在空中雷電圈的奴勒麗還是一臉邪笑地俯看著大廳，「人家可想打贏，雖然妖魔不正大光明，不過如果是借用他人的力量，打贏換來的奴隸也會狡辯吧。」

妳是想把我們這方都當奴隸支使嗎！

你們魔王方的人到底是怎樣啊，不是要拔內臟就是要當奴隸，這樣讓人不贏都不行了，最起碼為了自己的生命安全，一定要豁出去打贏啊！

「唉呀，說不定藉這個機會要大家簽訂商業合作也不錯喔。」居然還給我參一腳的班長，露出很假的若有所思。

「可以拿到很多飯糰……」暫時和阿斯利安休戰的萊恩想了想，看到大家說也跟著說。

我覺得我好像看到魔王方的黑暗野心面啊，遊戲處罰眞的好可怕。

雖然說贏的人可以要求輸的做一件事，但也太驚恐了吧……這樣說起來，如果萬一眞的是我們贏的話，我還眞不知道要要求什麼事。

總覺得眼下只要保命就好了。

「既然大家都想贏得遊戲，那麼一定要光明正大喔。」在場唯一的老師露出了大大的微笑，「不容許遊戲意識和詛咒來影響大家的遊戲結果！」

黎沚話說完，丟開法杖，脫掉了身上的法師服裝，下面居然是他自己本來的黑袍，在他把遊戲裝備都丟開的同時，我看見黎沚身上冒出了一圈發光的框框，幾秒後，那個框還有衣服法杖都應聲而碎，他身邊瞬間捲起了風。

「脫離遊戲完成。」

黎沚張開了雙手，從空氣中取出了青色水晶，「開始強制隔離遊戲詛咒物。」

幾乎在他開口講話同時，青色的水晶突然迸出好幾道光，不斷延展而出，快速地纏住正想襲擊所有人的米莎，以及那些有黑蛾翅膀的東西。

「漾漾！趁現在快跑！」從我後頭追上來的喵喵發出了祈禱幫我加速加保護，然後隔開了重新撲上來的機關人形與還沒被黎沚鎮壓下來的黑蛾骨頭，「身爲勇者方的吉祥物，我們全部都靠你了喔！」

靠妳的頭啦！我才不是吉祥物啊渾蛋！

「可不能讓你過去喔。」

在我的前方出現了班長，朝我舉起手指的同時，莉莉亞突然也衝進來擋在我前面，阻下了班長的氣流式攻擊。

「還不快點過去！我才不想又被那個惡魔當奴隸使喚！」莉莉亞對我發出惡言，「萬一輸了，回去我就先把你脖子扭斷！」

還沒跑兩步，我就看見五色雞頭的降臨。

「漾～上次被你跑掉，本大爺剛好這次一起算帳。」他嘿嘿地笑了兩聲，邊磨著發出火焰的拳頭，邊往我這邊逼近。

「你還是快滾吧。」一記短箭打在五色雞頭的腳邊，學長直接將長槍槍口指向了火焰魔王，然後看也不看便舉起另一手的短槍，朝左側連開了好幾槍，阻止了同樣往我們這邊逼近

的萊恩，「給我結束掉這個爛遊戲！」

「我陪你跑吧。」縱身從層層黑蛾骨頭中竄過來，阿斯利安拉著我往王座的方向衝，途中還揮劍打飛了不少那些遊戲意識的生成物，一堆黑蛾翅膀紛紛落下。

在踏上台階的同時，打散了台前妖獸的雷電中止我們的前進。

眼明手快的阿斯利安扯著我一跳，避開了落雷。

「唉呀呀，我們的侵略也快完成了喔，請你們暫時在這邊停幾秒吧。」高處的奴勒麗指著頂上的地圖，代表魔王方的光點幾乎快將大半地圖吃掉了。

「這可辦不到呢，我們再幾秒就可以分出勝負了。」朝對方回以笑容，阿斯利安看了眼被雷電擦到的手臂，上面出現了一大塊猙獰的焦黑傷痕。

「我們也是就賭這幾秒了，不拿到勝利回去沒臉面對我哥。」千冬歲離開了王座，張著手，周圍繞著黑水慢慢地從台階上走下來，「根據情報，身為龍騎士的你只要沒有龍，就只是普通騎士，對付距離性與法術性的攻擊可是很弱的。」

就在我們被奴勒麗和千冬歲的雷電和黑水包圍時，莫名地，一堆米白色的粉從上面覆蓋下來。

阿斯利安起初和我一樣以為是什麼攻擊，反射性地先擋在我前面，然後才發現那些奇怪的粉就真的只是一般的粉，掉在地上覆上那些黑水，吸收後凝結成塊。

「麵粉？」看著自己身上的那些白粉，阿斯利安有點訝異。

然後一隻手直接拍掉他滿頭的麵粉，「哼，能力不足還要衝在最前面。」不知道啥時跟到這邊的摔倒王子臉色很臭地開口。

阿斯利安沒好氣地瞪了對方一眼，「眞是抱歉又給王子殿下添麻煩了。」他拍開對方的手，然後還是有點疑惑地看著手上的麵粉，手指搓了幾下，接著又看向摔倒王子，「可是麵粉到底是……？」

「不要問！」摔倒王子一整個表情鬱卒到不行，完全不想解釋為何他身上會有巨量的麵粉。

我嚴重懷疑他身上絕對也有油鹽糖醋之類的東西。

摔倒王子看了我們一眼，這次甩出了一圈水，接著握拳在嘴邊用力吹了口氣，轟然一聲火焰直接沿著飛出去的水熊熊燃燒起來，過了幾秒後，我才意識到那個不是水，居然是油。

整片潑了油的台階全都燒了起來，連在上方的奴勒麗都為了躲避突如其來的巨大火焰，而不

得不暫時收手往旁邊退。

地上吸收水還被潑到一點油的麵粉團，被火焰熱度烤得吱吱響，連麵粉香都傳出來了。

「油？火？」看著猛烈的火燒台階，阿斯利安更不解了。

「不要問！」

❄

整座大廳一片混亂。

扣掉正在收拾米莎和黑蛾怪物的黎沚，所有人全都打成一團難分難解。

在阿斯利安和摔倒王子聯手纏住最後的阻礙後，完全沒人擋在前面的我連滾帶爬地上了階梯，終於通過層層難關到了那個該死的公主角色面前。

躺在籠子裡的公主依舊毫無動彈，臉朝下看不出長什麼樣子。

我找找鐵籠子附近，完全沒找到類似鑰匙的東西，只好拿出之前學長給的短槍朝鎖射了幾發，幸好鎖真的就這樣被打壞了！

巨大的鐵籠裡沒有其他東西，與外面一團混亂相比，裡頭安靜得像是另一個區域。

我收起槍，連忙鑽進大鐵籠，裡面的空間比從外頭看的還大，整個人站起來跳一跳都不成問題，感覺就像一間小房間。

「呃……公主殿下？」扶起遊戲角色，我有點訝異地發現對方頭紗下的頭髮居然是銀色的，一般公主不是應該都是金髮嗎？

而且還有點短……

把人翻過來時，我差點嚇到。

公主戴著面紗沒錯，全身穿得很華麗沒錯，但是最恐怖的是，唯一露出的那雙緊閉的眼睛，眼熟到我差點又放手把對方摔回地上。

「重重重重重——」

重柳族啊啊啊啊啊啊！

要死了，爲什麼公主是重柳族！這不是要我們死嗎！

我的驚嚇根本還沒完，下一波更可怕的馬上襲來。

猛然睜開眼睛的公主……重柳族，毫無感情地看著滿臉驚恐的我，接著半秒後我立時感

覺到肚子一整個痛，但幸好不是劇痛。

低頭一看，他果然又拔刀捅我肚子了。

幸好那是遊戲裡的裝備，那把短刀沒有眞的插進去，被隔在很耐打的衣服外，連重柳族也挑起眉似乎有點意外，居然還多轉了兩下試圖硬插進去。

「呃……這個是在遊戲裡，你可能暫時沒辦法殺我。」看著他還奮鬥不懈，就是想捅死我的樣子，我默默有點難過地這樣告訴對方。

重柳族愣了愣，直接跳了起來，有多遠離多遠，還撞到身後的鐵籠。

撞見鐵籠後他又呆了半秒，接著看見自己的衣服，再度呆了半秒後，重柳青年快速地全身上下摸了摸，又摸自己的臉，還摸到上面輕柔飄逸的面紗和珠寶飾品……雖然表情沒啥改變，但我完全可以體會到他震驚到無以復加的心情。

奇怪，千冬歲他們沒注意到這個公主是重柳族嗎？

還是打從遊戲一開始他就被關在這邊面朝下？

不然照理說，看過人的五色雞頭一定也會認出來才對，但他完全沒有提到。

「難道你不知道現在在遊戲裡嗎？」

看著可能恐慌了幾秒的重柳族，我也不敢輕易靠近，怕他一個抓狂就把我的脖子扭斷，只好離他遠遠地發問。

青年看著我，大概想了幾秒，冷靜點後才緩緩地點了點頭。

「啊，你該不會是想跟蹤我才一起進來的吧？」但他到底是用什麼方法跟進來的？還被遊戲給強制搞成公主。

冰冷的殺意直接朝我射來，讓我確定自己猜對了。

不過不知道是不是我的錯覺，我怎麼覺得他身上的衣服材質和我穿的稍微有那麼一點點像，只是他的看來比較華麗。

算了，先把狀況拉回來再說，既然已經找到公主，那現在應該帶出去籠子還是帶走，證明已經救到？

「學弟，快點把人帶出來！」在附近擋魔王的阿斯利安對著我們這邊喊。

帶出來、帶出來……說得輕鬆啊……

我再度看向一臉警戒的重柳族，「欸，現在的狀況……可以請你先配合一下跟我出去嗎？這樣遊戲就可以結束了。」想了想，我朝他伸出手。

這種感覺好像在餵凶猛的流浪狗還是野獸一樣，我都覺得我手舉在那邊都快發抖了。

希望不要突然撲上來咬我。

看著外頭打成一圈的狀況，與黎沚正在收拾中的黑蛾群，接著又抬頭看了看天花板，重柳族大概又停了好幾秒，也不知道是不是想搞清楚現在的情勢，總之等他轉移視線回來後，也沒有咬掉我的手，倒是乖乖地拉出條帶子丟給我。

……這下子不就眞的是像在遛狗嗎？

這樣救公主眞的可以嗎！

又不是沒有摸過，搞得好像我有什麼病毒一樣。

抱怨歸抱怨，我還是抓著那條帶子，就這樣把「公主」給帶出鐵籠。

「站住！」

正要踏出鐵籠那瞬間，我突然被那條帶子往回拖，還搞不清楚發生什麼事之前，重柳族直接閃身到我前面，還順手把我剩下的刀給拔走，旋身直接送到門口大白狗的額頭中間。

我這才發現不知什麼時候，整個鐵籠四周都被放大版的狗給包圍了，每隻看起來都威脅性十足，露牙朝我們吠吼，就是不讓我們走出鐵籠。

「……」看著外面來勢洶洶的白狗，重柳族轉頭回來看我，不知是要看戲還是要看我怎樣收拾。

「大哥，不能幫個忙嗎？」好歹你應該是全部人裡最強的吧！不要這樣眼巴巴地看著我，幫個手啊！

瞇起眼睛，重柳族居然給我搖頭了，「時間種族不插手歷史。」

插你個骨頭啊！這是遊戲啊老大！

「而且，似乎是你的任務。」重柳族拒絕之後，給我這樣莫名其妙的一句話。

「啊？」我的任務？

他拉了拉身上那套華麗的衣服。

意思是我比較耐打，所以我出去先給那些狗打一打嗎？

外面是凶狠的狗，轉頭是凶狠的重柳族，說不定我真的出去被打一打還比較好。

就在我很認命地想出去被狗咬時，一陣槍聲突然大肆作響，接著包圍的白狗群發出了哀嗚，在很短的時間被打得夾尾逃退了。

「還不給我滾出來！」

站在籠子外的學長發出凶惡的罵聲。

拉著重柳族跑出籠子時，四周的攻擊突然全都停了下來。

我抬頭看了天花板，上面的紅點也同時停住。

「現在是什麼狀況？」因爲全部都停住了，所以我很害怕地看向學長。

「攻擊回合暫時結束。」學長轉向我：「我們留在這邊斷後，你馬上把公主送回去王宮裡，這樣遊戲就全部破關了。」

「咦？又是我！」沒有吉祥物做得如此悲苦的吧！

黑色的槍口直接抵在我的腦袋上。

「不是你是誰啊！你的作用就是最後和公主一起回王宮啊，我們幫助你救回公主，把魔王城完全破壞就結束了，重要的是你們那邊……還不快給我滾回去！」學長講到最後都快要咆哮了。

很怕他眞的扣下扳機，我連忙往後閃開，抓著重柳族也不知道應該怎麼辦。

「快點回去吧。」趁著摔倒王子再度建立火牆時，阿斯利安抓出龍笛吹了幾下。幾秒之後，青龍又一次撞破牆壁，直接出現在我們面前，「青龍會再打開四龍門，再來會帶你們回到王宮，之後我們就遊戲外見囉。」

我看過去，喵喵和莉莉亞她們差不多和班長他們同歸於盡了，整個躺在地上完全沒有動靜，連阿斯利安他們與千冬歲那邊也幾乎全身都是傷。

「走吧。」

直接翻上青龍的重柳族看了我一眼，順手接住了阿斯利安拋過去的龍笛。

「……遊戲外見。」

讓重柳族拉上龍之後，青龍發出了嘯聲，接著張開了巨大的翅膀，瞬間衝出了魔王城。

遠遠地，我還可以看見大家在那裡戰鬥的畫面。

然後，魔王城開始崩塌了。

操縱著青龍的重柳族非常熟練地駕駛著飛龍，很快就找到了當初我們進入魔界時的門，衝出去後，天空再度從黑色轉變爲清澈的藍。

通關之後已經不用再走陸路了，從空域往下看，可以看見不同的城鎮結掛燈綵，有的還放煙火慶祝，所經之處都非常地熱鬧，通過湖之鎮時甚至還看見那裡出現了舞龍舞獅，絲毫

沒有先前黑蛾人的餘影。

最後，青龍飛入了一座巨大的城市裡，印著國徽的旗幟隨風飄揚，城裡同樣已經開始了熱鬧歡慶，街道上全都是人。

在城市的盡頭是巨大的白色城堡，裡頭莫名地還有學校的水晶塔。

青龍飛入城堡中，停在最大的花園裡。

「公主回來了！」

一看見重柳族跳下去，不遠的衛兵就開始大吼，接著變成一堆人大吼。

我突然知道我的角色到底是什麼了。

和公主一樣質料的高級衣服、穿得很像平民，卻有很強的保護力，最後只有我和公主可以回到這裡來的任務。

「公主和王子回來了——！」

「王子把公主找回來了！」

我聽著那些人吵吵鬧鬧到整座城堡都跟著吵起來，接著是走廊裡衝出一個穿得很華麗、戴著王冠，一看就知道是國王的老頭，含著一泡眼淚往我們這邊跑過來。

看著所有的人，我轉頭看著站在一旁的重柳族，突然無意識地開口，說了連我都不知所以然的台詞：「回家了。」

旅程，結束了。

❄

王子在許多勇士幫助下，終於救回了公主。

國王不再受魔王們箝制，終於放心地開始重新整頓所有領地，將魔王的控制全都趕出領地之外，被干涉經濟的城鎮都也逐漸回到了正途上。

無心受封的獵人謝絕獎賞後，重新回到森林之中。

在此戰役表現優異的祭司，特別受邀進入了皇家神殿，成爲重要的一員。

最後一戰犧牲掉的年輕法師，會成爲人們心中永遠的英雄。

龍騎士恢復了職位，成爲皇家騎士團的隊長，負責帶領天空騎士團保衛國家。

流浪的火焰廚師離開了王宮，再也不知去向。

半年之後，國王禪位給年輕的王子殿下，在公主和大臣們的輔助下，引領王國邁向了新歷史的一頁。

「於是，世界再度恢復和平。」

當我悠悠轉醒時，聽到的剛好就是有人唸完的這些故事結尾。

就像每本有著完美結局的冒險故事一樣，所有的角色在最後都有自己的歸處，然後繼續著自己將來的故事和路途。

一睜開眼，第一個看到的不是傳說中要遊戲外見的其他人，而是讓我瞬間驚嚇清醒的女孩面孔。

「遊戲好玩嗎？」

米莎露出甜甜的微笑，闔上了手中的書本。

我整個跳了起來，發現四周景色全都消失了，整個空間是白的，沒有任何東西，除了端坐在我身旁、令人驚悚的小女孩外。

「……遊戲不是結束了嗎？」要死了，難道眞的被困在裡面嗎！

「恭喜通關喔。」

意外地，沒有再變成黑蛾人的米莎拍拍裙子站起身，手邊夾著剛剛唸的故事書本，「這是決鬥盤遊戲，在世界中被稱爲初級的沙爾達之棋。我們與朋友一同訂製角色進行冒險，在遊戲中模擬各種不同的任務並一起成長，然後學習到各種寶貴的事物。」

說眞的，好像並沒有學習到太特別的東西，從頭到尾都是一些破壞狂在毀滅遊戲。

喔，我學習到以後絕對不可以跟他們一起玩遊戲，會死的！

站在眼前的米莎看起來相當天眞可愛，一反不久之前詭異的樣子，我想了想，大概是因爲黎沚強制解除了詛咒，所以遊戲意識才會恢復正常吧？

「那麼，我的遊戲任務結束了，希望這次的遊戲大家都喜歡。」

這樣說著，米莎打開了書本，從裡面拿出一支鑰匙，「這是遊戲的紀念品，希望大家回到現實世界之後，可以記得這次遊戲中的冒險和團隊喔。」

我看著她，接過了那把異常普通的鑰匙。

「下次要幫我找狗狗喔，新年快樂。」

米莎微笑著，瞬間消失在白色的空間之中。

在女孩消失之後，白色的四周也開始跟著破碎崩毀。

剎那間，我再度睜開眼睛，翻起身。

所有一切完全消失了。

我看見了牆壁、天花板和桌子。

還有端著盤子走進來的然。

「歡迎回來。」他對著我露出微笑。

所有的現實來得太過突然，讓我一瞬間反應不過來，也不知道這個是夢還是剛剛那場遊戲是夢。

還沒反應過來時，我的周圍聚出了好幾個光框。

在光消失之後，其他人也重新出現在客廳中，把我家的客廳瞬間擠得水泄不通。

我呆呆地看著所有人，一回頭才看到客廳的電視竟然還開著，而且正在播報早上六點的晨間新聞。

「各位觀眾朋友新年快樂，這是大年初一……」

我看著窗戶外剛亮的天空。

於是，遊戲結束了。

尾聲

「欸！我們進入遊戲才經過八個小時？」

早晨六點，我家客廳擠了滿滿的人。

一離開遊戲後，根本也不想管勝負問題，只掛心一晚沒回去，他哥不知道會不會怎樣的千冬歲，拖著萊恩匆匆地閃人了。

接著是不想和所有人待在一室的摔倒王子，臉很臭地跟著消失。

不過我覺得他會跟著落跑，有很大的原因是怕被阿斯利安或其他人詢問關於麵粉跟油還有噴火的事。

他人生的污點大概就此確定了。

「是啊，爲了維持遊戲不讓詛咒過度干擾，然可是花了一個晚上在穩定遊戲進行喔。」坐在沙發上的冥玥轉著電視台，「你們沒有遭到劇烈攻擊，都是因爲我們在外面幫你們把生成的攻擊物抽出來消滅，不然你們玩到明天的半夜三點也還繞不出來。」

所以那時候我才會看到有蜥蜴從客廳爬過去嗎！

「原來如此，難怪我們的遊戲還算順利。」坐在一旁地上的阿斯利安接過了辛西亞遞給他的茶水，還道過謝。

「嘖，本大爺才不管那啥詛咒，反正一律打死就對了！」五色雞頭抓著不知從哪裡長出來的開心果，卡卡地不斷咬著洩憤。

「總之，又失去一次拿內臟的好機會了。」一樣身為輸方的黑色仙人掌無限遺憾地嘆了口氣，「可惜啊好可惜。」

我好慶幸啊。

終於不用有內臟威脅了！

「嘿嘿嘿，我們贏了，輸的要履行約定喔！」喵喵站起身扠著腰，很得意地抬起頭。

「雖然惡魔不喜歡被指使，不過輸掉就是輸掉，也沒辦法囉。」把別人家當成自己家的奴勒麗雖然收起了角跟尾巴，但是妖魅的動作不改，整個人慵懶地掛在我家長形沙發上，胸部都快從衣服裡露出來了。

「嗚……因為脫離遊戲，結果我的角色掛掉了。」黎沚哀傷地蹲在角落畫圈圈。

「這也沒辦法啊，不然那個詛咒就會堵住最後一回合嘛。」喵喵跳過去，拍著黎沚的頭，「乖乖，下次大家再重新一起玩就好了。」

「對啊，偶爾玩一、兩次還挺有趣的。」端坐在一旁椅子上的班長打開了報紙的財經版，很隨意地丟出安慰老師的話。

可以不要把我算進去嗎！

不知道是不是鬆懈下來，還是通宵玩了一晚的遊戲，我開始有點睏了，而且疲憊感和肌肉痠痛也跟著全部湧上來。

然後我看見坐在旁邊的學長。

「學長你的腳……」

凶狠的紅色視線瞪過來。

「呃……應該沒事吧？」被瞪我也沒辦法，遊戲裡面他受傷嚴重，該不會到現在都還沒治好吧？

「遊戲裡面的傷不會帶出來。」

冷冰冰的一句話丟過來，這才讓我完全放下心。

原來不會帶出來，難怪學長對受傷之類的完全不在意。是說他平常也是這副德性就是，也不只在遊戲才這樣。

仔細一看，果然全部人都沒傷沒痕，我就鬆口氣了。

不過可惜的是遊戲裝備不能帶出來，不然那套耐打衣服我眞的很喜歡說，簡直就是神物，不知道可不可以在商店街買到類似的衣服喔？

身爲普通的百姓，我認爲絕對有必要添購個幾套保平安。

「出來了、出來了。」

就在大家打哈欠的打哈欠、吃東西的吃東西時，辛西亞捧著一整排東西往我們這邊走過來，「幸好順利成形了，詛咒沒有影響遊戲使用，大家快過來看看吧。」

看喵喵他們興致勃勃地擠上去，我也連忙跟著看過去。

辛西亞拿出來的是那張羊皮地圖，上面穩穩地擺著之前我們使用的那些棋子，仔細一看，棋子竟然和之前設定的不太一樣了。

我明明記得一開始是銀色的棋子，竟然變成水晶的模樣，清澈剔透到一整個美，透過光線看還有不同色彩，另外人偶的形狀也都不同了，本來看起來有點像娃娃公仔的樣子，現在

已經變成真實人物的雕塑形狀，而且服裝配件都是我們後期使用的，看起來超威風。

「這個是象徵大家成長的遊戲棋子喔，漾漾應該不曉得，在遊戲中會累積很多精神力和魔力，最後集中在同屬性的棋子裡。就算擺著不用也會有辟邪保護的效果，過年時大家一起玩最好了。」邊這樣說著，辛西亞邊把羊皮卷放在桌上讓大家可以找到自己的棋。

我馬上就看見我自己的棋子了，在有獵槍斗篷的學長、有龍的阿斯利安旁邊，超級不顯眼的路人迎著光閃閃發亮。

坐在一旁的黎沚，拿起唯一一個沒有變成水晶的銀色棋子，表情超級哀怨。

看來如果沒有玩到最後，棋子應該就會保持原來的樣子。

「喵喵有好幾個了，這個送給漾漾。」拿起自己祭司模樣的水晶棋，喵喵很快樂地遞給我。

其實我覺得她比較想遞給學長，但是礙於學長啥都不收，只好送給我了。

「千冬歲和萊恩的……莉莉亞拿去吧？」喵喵看著魔王方的棋子，轉向正在端詳自己的莉莉亞。

「誰、誰要送去！」莉莉亞馬上反駁。

「莉莉亞送去萊恩會比較高興啊。」用一種我說的準沒錯的態度把兩隻棋子打包好，喵喵像是在賣什麼菜的歐巴桑，強迫中獎地把東西塞到莉莉亞手上，「對嘛、對嘛，就交給妳了喔。」

莉莉亞抱怨了幾句，還是把棋子收下了。

「那麼看來王子殿下的只好讓我帶走了。」阿斯利安瞇起眼看著一旁有火焰的棋子半晌，大概還是對那些麵粉跟油充滿疑惑，「我的棋子也送給褚學弟吧，算是在這邊讓我們過年的一點感謝。」

「啊，謝謝。」看著摔倒王子的水晶棋，我決定還是不要公開他的職業，讓阿斯利安自己去問比較有趣。

「拿去！」學長看了看自己的棋子，居然直接朝我丟過來，幸好我接得快才沒有直接掉在地上。

「裡面沒有內臟啊，真沒勁，就送給你啦。」黑色仙人掌懶懶地把棋子也塞過來，完全沒有保留的興趣。

「看在你是本大爺僕人的份上，本大爺當然也要留給你當紀念了。」五色雞頭很快地也

把自己的塞過來。

接著奴勒麗和班長也紛紛表示對收棋子沒興趣，所以就全交到我手上來了。

不過找來找去，我沒有找到重柳族的棋子，只好假裝不曉得有這回事了。

「既然大家都把棋子給漾漾，那麼我想大地圖還是交給漾漾保管囉。」這樣說著，辛西亞領著我們再度把視線看回那張羊皮卷上。

和先前顯示的不一樣，整張地圖清晰了起來，上面還多了許多銀色點點，那些銀光點形成了亂七八糟的路線。

這次不用辛西亞講解，我馬上就確定這一定就是我們走過的地方。

「這裡面保存了大家在遊戲時的影像，如果想看也可以釋出影像。」微笑著拿來箱子，辛西亞幫我把大地圖和棋子全都小心翼翼地放進去。

在她將箱子關起來時，我才發現箱子上不知何時出現了鎖。

很自然地，我拿出不知道什麼時候握在我手上的鑰匙，然後把箱子鎖上。

叩咚一聲，一切終了。

❄

「大家辛苦了，過來吃早餐吧。」

一大清早，辛西亞和然兩個人就在廚房裡取代了我老媽的位置，準備大年初一必備的菜色。從蘿蔔糕到發粿到長年菜，居然全都準備好了，讓我開始懷疑他們兩個平常沒事應該就是研究食譜跟下廚。

等到整桌豐富的菜色都準備好後，冥玥才去把一整晚完全不知道自家發生什麼事、睡得很香甜的老爸、老媽請下來。

才剛下樓，老爸、老媽看見房子裡又多了好幾個生面孔後一整個錯愕，然後老爸又含淚去房間包紅包了……都說可以省掉咩。

莉莉亞和班長在吃過飯後拜了年，便直接從我家離開，本來想騷擾我父母的奴勒麗也跟著被一起拖走。

接著是黑色仙人掌和喵喵結伴一起回醫療班。

很快地，滿滿的客廳一下子空掉大半。

「眞是的，你要好好謝謝然喔。」收拾著桌面，冥玥邊瞄了眼客廳正在和老爸聊天的然與其他人，超不客氣地往我這邊一撞。

「欸？」我還要謝他把我丟進遊戲嗎？

「本來嘛，然可沒有打算來我們家過年的。你也知道妖師的狀況，是他說很久沒來走走，也可以順便來看看你最近過得怎樣，再來就是要趁新年去除舊厄換新歲的時間，把我們家整個翻新地氣。」壓低了聲音，冥玥冷笑了一聲：「所以人家昨天晚上把你帶來的那批含有強大力量的傢伙們驅逐進遊戲，才不會妨礙到地氣更換，接著還怕你有危險，整晚監督著遊戲進度並妨礙詛咒，你不好好謝謝人家啊你。」

「咦！這樣嗎？」我還眞的完全不知道……沒講我哪知道！

我還以爲他跟冥玥往來久了，所以偶爾也想陷害我們幾次。

「是啊，你不覺得我們家現在一整個變得很乾淨嗎？」

被她這樣一講我才注意到，不只是變乾淨了，整個氣流也異常順暢，待在家裡給人很舒服的感覺。

「想謝謝人家，等等去拜拜時，記得路上買個紅豆年糕，廟門口要排隊那家喔。然還滿喜歡吃特定幾種傳統甜點的。」冥玥話講完，看見走進飯廳的辛西亞，馬上就中止了這個話題，和辛西亞有一句沒一句地聊起來了。

我偷偷看了眼客廳。

然和老爸還有五色雞頭、學長、阿斯利安他們聊得很愉快。

「好了，大家一起去拜拜吧。」

從樓梯上蹦蹦跳跳下來的是黎沚，他不知道從哪挖出了一個很大的竹籃子，裡面裝了一堆水果零食，我老媽也隨後跟下來，「走吧、走吧。」

我歪著頭，看見他另一手居然是很大的一束花，粉粉的顏色但不知道是什麼花，非常漂亮。

「對了，結果到底是誰下的詛咒啊？」看著愉快地整理花束水果的黎沚，在老媽走進客廳招呼其他人時，我偷偷低聲詢問。

「那個喔，等等你打開門就知道了呀。」黎沚指著玄關，笑笑地這樣回我。

打開門？

疑惑著，我直接走過去打開我家大門。

「新年快樂，要來一條吃了會死的口香糖嗎？」發著金光的小紅帽就站在我家門口。

半秒後，我摔上大門。

難怪目標會是全部的人！

難怪會是什麼大家都看不起的小人物！

渾蛋啊！

不買口香糖會被詛咒到底是哪招！

我早該猜到了！因為就是這傢伙拖著一整袋的遊戲在強迫推銷啊！沒事繞那麼大圈猜凶手幹嘛啊啊啊啊！

「看到了吧。」黎沚小跳步地跳過來，把水果和花放在一邊，坐在玄關邊穿起自己的靴子，「就算是最藐小的人也會有想反撲的一天喔——」

也撲太大！

下次我看到賣口香糖的一定拿來當靶子練槍。

「漾～」五色雞頭從走廊的另一端跑過來，「本大爺聽說要去拜拜了，這種時候就要用我們家族獨門的霸王香，才能燃燒一整年的好運勢啊！」

霸王香是什麼東西啊！

「不用了謝謝，廟裡會有香燭可以用。」重點是我完全不想看見你提供的霸王香，我也不想看到什麼鍍了金身還會尖叫吃人的香，更不想看見通天可繞地球五圈的巨香。

「對了，褚學弟打贏遊戲之後，有沒有什麼特別想要求的條件呢？」和學長一起並肩走來的阿斯利安依舊微笑地開口：「可以好好想想，贏了遊戲的人可以要求一個條件喔。」

我看他的笑臉有點太過燦爛，估計他的要求十之八九是想整摔倒王子之類的。

不過我自己嘛……

環顧著屋子裡的所有人，不管是學長也好、阿斯利安也好，在旁邊吵鬧的五色雞頭或者黎沚也好，還有帶著微笑慢慢走過來的然和辛西亞也好。

如果說是條件的話，也不太算。

「明年大家再一起玩吧。」

在沒有人看到的側邊，我大概有露出一點點微笑吧。

其實這樣子也很不錯。

不知道什麼時候開始，我們家原本安安靜靜的過年已經變得這麼熱鬧了。

在更久之前，有很多時間我還是在醫院過的，鞭炮啊、遠門啊都和我無緣，連一些親友都不敢上門拜年，就怕沒事會被帶衰。

像這樣出去拜個拜，都有可能被什麼燒金爐的火噴到的事已經沒有了。

希望大家可以一起過年。

重新拉開門時，外面站著新的訪客。

「欸，眞是剛好，新年快樂喔。」放下手，幸運同學看了一下我身後的一堆人，「眞熱鬧，剛好我也要找你去拜拜，大家一起過去吧。」

「嗯嗯。」

「對了，我在外面遇到你朋友。」幸運同學讓開身，接著冒出了另外三個人。

「啊！西瑞也在！」

站在比較後面的雅多一把抓住了自己的兄弟，完全不想讓自家雙胞胎兄弟大年初一就去找彩色腦袋打交道。

「新年快樂。」伊多在他的兄弟後面朝我們這邊揮手，「聽說大家可以過來拜年，所以我們就擅自前來了。」

並沒有大家都可以過來……

謠言還在傳嗎！

我驚嚇了！

「對啊，我們還有遇到其他人喔。」雷多嘻嘻哈哈地這樣說著：「大概晚一點也會來你家喔！大概五、六個人左右，聽說誰都可以來拜年，所以他們還在約其他人，打算一道來比較熱鬧。」

並沒有誰都可以來啊！

不要揪團啊你們！

我抱頭，想撞牆了。

我家並沒有一百坪啊啊啊——

「嗤！」

學長，不要看笑話！

「人多也不錯啊，剛好我們拿到遊戲，似乎人越多越有趣呢。」

我聽見了伊多溫和的發言，然後抬起頭，看見了他手上慢慢拿出來的，就是我一整個晚上的噩夢——

那如此熟悉的盒子！

小紅帽嘿嘿嘿的笑聲好像呈現扭曲狀地從空氣中傳來，伴隨著大年初一的鞭炮聲，轟隆隆地徹底擊潰我的快樂新年。

「不要再來了啦！」

《特殊傳說 0.5》完

《特殊傳說》新版將於四月熱鬧上市，敬請期待!!

番外・凶手是誰

「過年眞的好有趣喔。」

這是在我悲傷的年假過後的事。

大家回到學院之後，前面幾天還興致勃勃地討論著過年那幾天的事。

說眞的，那還眞是不堪回首的過去……我家差點被幾十個人擠爆，還有一堆亂七八糟的事，眞是完全不想回憶。

雖然眞的很熱鬧啦……

但是爲什麼到最後連雪國的登麗她們也出現在我家門口！你們這些人到底是把謠言傳多遠！該不會明年我一打開門，就看到安地爾站在門外吧！

太可怕了。

我決定不要想太多對精神會比較好，還有，明年一定要禁止他們來我家。

我現在深深體會到沒人拜年比有人好的眞諦。

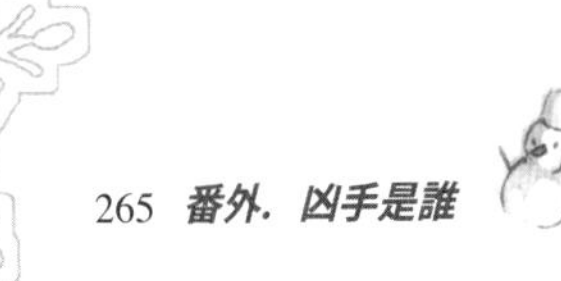

端著午餐，我在桌邊坐下，比較早到的喵喵晃著腳，接著剛剛開頭的話：「果然還是要大家一起玩比較棒。」

「還好。」千冬歲這時候就無比正常了。

直接消失在空氣中的萊恩繼續咬著他的飯糰。

「是說我還是有點不太懂遊戲形成的方式。」抓抓臉，那時候遊戲玩得太倉促了，我只大概知道地圖可以制定，但是裡面的劇情呢？

被抓走的公主和國家之類的，也是類似的制定方式嗎？

「喔，就和漾漾之前知道的一樣呀，都是一起制定的，不管是大地圖或是場景、背景故事等等。」喵喵搖晃著已經快沒飲料的杯子，說道：「然後遊戲本身的機制會判斷所有得到的資訊，組織成完整的遊戲。」

「……這樣說起來，故事應該也是眞有其事？」這就奇怪了，我對背景故事完全沒概念啊。

「如果遊戲不是二手的，而是因爲有詛咒才那麼奇怪，那麼背景故事應該是用某個人的記憶形成的。」坐在一旁的千冬歲規規矩矩地吃著午餐，「不過場景應該就是大家的記憶混合的吧。」

的確，場景大多是我們熟悉的，其中學校建築就佔了大多數，還有大家都曾去過的湖之鎮等。

不過背景故事到底是誰的記憶啊？

「不是喵喵的。」喵喵歪著頭，露出可愛的表情，「喵喵本來希望的是粉紅色的童話故事說。」

……還好不是童話故事。

我回憶著可怕的遊戲過程，再次認爲不是童話背景眞是太好了。

「我和萊恩也不知道。」千冬歲直接開口：「遊戲一開始就制定好了，那麼就是當初一開始進入的其中一人，第二批進去的都可以剔除。」

也就是說，應該是學長、阿斯利安、五色雞頭、黑色仙人掌、黎沚當中的其中一個的記憶囉？

「喵喵也很好奇耶，不如去問問到底是誰的吧！」吃飽撐著的喵喵提出餿主意。

雖然我也有點想知道究竟是誰的記憶故事，居然會是這種背景。

但是以上提到的幾個人，我都不想主動去問啊！

尤其是學長！

要知道學長對那個遊戲可能已經恨之入骨了，現在再去煩他可能會被他釘到牆壁上去懺悔！

「我不去了，我等等要抽空去我哥那邊。」下午沒課但也沒時間的千冬歲揮揮手，直接拒絕喵喵的邀約。

萊恩……萊恩跑了！他竟然離席了，而且我們完全不知道他是什麼時候跑掉的！只在回首後看見他和莉莉亞的背影消失在餐廳大門外。

「漾漾……」

喵喵眨著水汪汪的大眼睛看著我。

「……」

❄

「本大爺不知道這種事情。」

咬著肯德基的骨頭，五色雞頭首先駁回了我們的提問，然後在喵喵的拜託之下，臭著臉發訊息問了身在遠方不知處的黑色仙人掌，最後得到結論：「老三說他也不知道。」

在黑色仙人掌發了不懷好意討人情和內臟的訊息來之後，五色雞頭一把切斷連繫，讓他再也發不過來。

「那就剩下阿利學長和學長、黎沚了。」

我盤算了下，覺得還是先問黎沚或阿斯利安好了，起碼他們兩個的攻擊性沒那麼高，只是問問題而已還不至於先呼巴掌。

「是說這種故事也太多了，本大爺總覺得到處都有類似的啊。」跟上來湊熱鬧的五色雞頭喀喀喀地把骨頭全都呑進肚子裡……到底爲何你的牙齒可以這麼堅硬，從以前開始我就很想知道了。

「人家好奇嘛。」喵喵合著手掌，用那種一般人無法抵擋的表情很可愛地看著我們：「很想知道出處，去好好地瞭解一下故事，你在裡面玩那麼久都不想知道嗎？」

「不想。」五色雞頭馬上搖頭，「本大爺對這種事沒興趣。」

「唉，男生果然沒什麼浪漫細胞，對吧，漾漾。」喵喵轉向我，嘟著嘴巴說道。

……對不起我好像也是男生。

「不過看起來還滿有趣的，你們接下來要去找誰？」對於到處去吵人比較有興趣的五色雞頭，扠著手直接問我。

「先去找阿利學長好了……」

反正要找學長和黎沚都要回黑館，所以先把外面的問一問再回去，也省得多跑一趟。

於是，大約十分鐘後，我們就坐在紫館的交誼大廳裡了。

不知道爲什麼也跟著冒出來的夏碎學長和阿斯利安，一左一右地坐在我們前面，旁邊還有一、兩個我完全沒看過、提著點心盒來請大家吃，估計也是來看熱鬧的紫袍。是說這樣被兩個學長盯著，氣氛詭異得好像有點像是我們是來被逼供……不是，我是說氣氛有點微妙。

「故事背景我想應該也不是我的。」阿斯利安在聽完我們的來意之後，微笑地開口：「我的記憶中雖然有許多近似的，但我確定我過去並沒有遊戲中的那些經歷，只是聽說過的話不會那麼具現，應該是實際經歷過才會，不管是人物或場景建築，既然曾出現，就代表眞的看過。」

那就是學長跟黎址嗎？

「看來你們過年過得很有意思。」夏碎學長露出某種感慨的表情，「因爲聽說大家都能去，原本也想去看看，不過因爲某些原因不能離開，眞是可惜了。」

你那個「某些原因」那時候剛好跟我們關在一起啦，不過幸好夏碎學長沒去，當時他如果跟我們一起關在裡面，我都不敢去想像我家會變成怎樣。

「不過說起來，如果是故事本身的話，我倒是在荒野上曾聽旅人傳唱過。」幫我們都添了茶，阿斯利安想了想，「關於亞德斯的王子，大約也是一千年前精靈和鬼族戰爭結束後沒多久的時間點吧？」說著，他看了眼身旁的陌生紫袍。

「亞德斯王子出生於精靈與鬼族戰爭後沒多久的年代。」陌生紫袍點點頭。

「被妖魔攻擊的小國度，擄去了美麗的公主，擊殺了多數王室，爲了救回手足與取回國度力量而離開的王子。」阿斯利安告訴我們那段過往的簡略傳說：「離開國家後，扮成平民的亞德斯王子前後遇上了幾個人，獵人、大公國的祭司、法師與龍騎士，最後在幾個夥伴的犧牲與幫助下，終於奪回了公主與力量。但是那段傳說裡，其他的夥伴就再也沒有從妖魔世界回來了，和我們的遊戲結局其實不同。」

這樣聽起來，遊戲隨便幫我們強制制定的角色，就是這段過去實際存在的人物？

「等等，裡面沒有廚……」

「廚什麼？」阿斯利安有點疑惑地看著我。

「當我沒問。」看起來廚師應該是假的，搞不好本來應該是路上的吟遊詩人之類的，還有莉莉亞的導師，或許在歷史裡本來只是路上指引的角色吧。

「如果只是故事，其實在座的其他人都知道。」阿斯利安也沒有繼續追問廚什麼，與夏碎學長等人交換一眼，其他紫袍也都點頭，「雖然是歷史上短命小國的故事，不過還是被記載了下來，圖書館裡應該可以找到記錄吧。」

「啊，所以阿利學長那時候就知道是亞德斯王子的故事嗎？」喵喵咬著粉色的甜饅頭，問道。

「是的，不過被囚禁時還不曉得，在看見角色分配時就有底了，畢竟這些組合還算可以辨認。」露出一貫的微笑，阿斯利安點點頭，「我想學弟應該也很早就知道了吧。」

難怪那時候學長好像對遊戲的發展和進行很有概念。

「話說回來，王子殿下到現在還不願意說自己是什麼角色呢。」阿斯利安端起茶，露出有點疑惑的表情：「前兩天把棋子拿給他之後，還莫名其妙對著我生氣。」

原來王子不敢說啊……

我在內心冷笑了三聲。

「喵喵只知道他本來是吟遊詩人。」出賣王子的喵喵笑嘻嘻地說：「但是轉職後他都不肯講變成什麼喔。」

「越是不講越讓人懷疑呢。」夏碎學長若無其事地丟出這句會害死摔倒王子的話。

「是啊，而且一提到遊戲馬上生氣，連好心詢問的戴洛都被罵了一次。」阿斯利安點點頭，眞的懷疑了起來。

「大概有什麼難言之隱吧？」陌生紫袍在一旁加以陷害，「但只是遊戲角色，有什麼不可告人呢？」

「會不會是角色本身有什麼問題呢？」第二個陌生紫袍還在落井下石，「可能是很不想讓人知道的職業，例如挖坑人、拖棺人等等。」

「這還眞是有意思，眞要想辦法問看看了。」

最後，阿斯利安的結論讓我深深在內心爲王子哀悼。

❄

離開了纏繞著黑氣的紫館之後，我們各自抱著一大堆紫袍們送的點心盒往黑館前進。

「不過休狄王子到底是什麼職業呢？爲什麼都不告訴別人啊。」喵喵還在想摔倒王子的祕密，而且很有想一探究竟的感覺，「漾漾知道嗎？」

「不知道！」我哪敢說我知道！萬一說我知道，就會被阿斯利安逼問，接著會被摔倒王子殺掉，所以裝不知道最好。

「哼哼哼哼，不管是什麼，本大爺都不放在眼裡……不過漾～那時候你竟然敢偷襲本大爺啊——」

「說好計較就不是男子漢！」我就知道他一定想到就會來找我麻煩！

「本大爺才不會計較。」五色雞頭甩了一下彩色的頭毛，「改天再玩一次，本大爺會在遊戲裡決勝負！」

誰要跟你再玩一次！

你擺明就是要把我屠殺掉，我打死都不可能再跟你去玩！

帶著兩人回黑館時，不知道今天到底是運氣好還是巧，黎沚居然和洛安在大廳裡喝茶聊天，一看見我們回來，紛紛放下手上的老人茶。

把從紫館拿來的點心盒打開一起吃時，我們又把遊戲背景的疑惑重新敘述了一遍。

「那個喔……」

黎沚正要開口，便被一旁的洛安打斷了，「黎沚沒有以前的記憶，即使問了，應該也無法告訴你們。」

聽著友人的話，黎沚立刻點點頭。

我居然忘記這件事，問黎沚根本沒什麼意義啊……看來還是要去接受學長的毆打洗禮。

眞是讓人哀傷。

「不過話說回來，如果是千年前的事，漾漾你們去問其他人也沒用啊。」黎沚笑笑地拿了顆包子，這樣告訴我們，「玩遊戲的第一批人都只是年輕人啊。」

「啊！」我跟喵喵同時叫了出來。

黎沚突破盲點了！

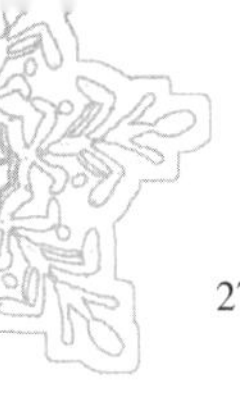

扣掉黎沚以外，第一次進入的，不管是阿斯利安、五色雞頭還是黑色仙人掌他們，都沒有活那麼久啊，誰會親眼看過還記住啊！

「對吧。」黎沚笑嘻嘻地說著：「所以你問其他人也沒用呀，最大的嫌疑犯應該是我吧，但我也不記得以前的事，只好抱歉囉。」

「所以可能是黎沚的記憶啊……」喵喵看問不出來之後就垮了臉，「喵喵本來想多問問還有什麼有趣的事情說，只好去圖書館找記錄了。」

「是啊，只好去找了。」黎沚點點頭，繼續拿糕點，然後朝一邊揮手，「亞，一起來吃吧，你站好久了。」

我跟著轉過去，就看見學長站在樓梯口，也不知道什麼時候出現的，八成把我們剛剛的談話都聽進去了。

學長斜了我一眼，在黎沚旁邊坐下，接過喵喵遞去的點心和茶水。

「所以也不是學長囉。」喵喵露出可惜的神色，「本來好想問問學長喔……」

所以妳的目的根本就只是找學長聊天和相處吧妳！

我們在黑館邊吃點心邊和黎沚他們東拉西扯後，喵喵和五色雞頭才離開。

是說，到底爲什麼要問這個呢？

我還是不知道喵喵所謂的浪漫究竟……

「對了，學長你本來是要出門嗎？」望向也在一旁泡起老人茶的學長，我突然驚覺他剛才應該是要離開黑館才對，不然不會出現在樓下。

「嗯。」學長淡淡地應了聲，喝完茶之後便逕自離開了。

「是說那個遊戲還滿有趣……」黎沚興致勃勃地又和洛安聊了起來，看來他們兩個剛剛也只是在閒談而已，「洛安下次也一起來玩吧。」

洛安點點頭。

我們三個又在大廳坐了一會兒。

茶葉又更換一次之後，洛安才皺起眉，看向眼前笑嘻嘻正在咬餅乾的友人，開口：「雖然說失去記憶，但就我所知，你一直待在原世界的東方區域不是嗎？」

「好像是這樣喔。」黎沚歪著頭抓抓臉，「族裡的大家都這樣說。」

「那怎麼可能會有亞德斯王子的記憶？」

「啊！」

洛安突破第二個盲點。

我猛地轉向黑館門口。

眞正的凶手逃走了。

❄

晚間，我從自己的房間走出來時，正好看見學長要回房。

而且他背後還拖了好大一箱東西，簡直有他體積的兩、三倍大，而且重量肯定不輕所以才用拖的，看起來莫名有喜感。

「褚，你是欠揍嗎？」學長瞪著我，發出冰冷的聲音。

「請、請假裝我不存在。」很少看到學長這樣拖東西，我實在很想笑，要知道學長是那種連野牛都會扛上肩的人……那箱東西到底有多重啊！

狠瞪了我一眼之後，學長才把那箱東西弄進自己房間裡。

因爲實在太想知道那是什麼，冒著會被殺的風險，我也跟過去看學長開箱。

乍看之下，是個非常普通的木箱，就是那種六個板子釘成的長形大箱，但打開後才發現那些木板還真不是普通厚，看起來足足有十幾公分厚，而且打開之後裡面竟然還有一層，再打開又是一層……學長你這個該不會開到最後一百多層都是包裝吧？

我之前好像曾收過五色雞頭那該死的禮物就是長這樣。

幸好學長在拆了三層厚重的箱子後，出現另一種很大的金屬箱子，看起來應該就是終點了。

金屬箱子上有枚很眼熟的印記。

……這個看起來好像是那時候在遊戲裡看見的，王子國家的旗幟圖案？

打開最後那層金屬箱子，出現在裡頭的是兩具水晶棺木，會知道是棺木是因爲隱約似乎可以看見裡面有著人體模樣的東西，而外面還刻有禱紋的繪飾。

學長你沒事去拖屍體回來黑館幹嘛？暗示這是我的下場嗎？

我突然感覺到背脊發涼。

確定內容物後，學長重新把木箱蓋起，白了我一眼後逕自走到一旁，然後打開傳送陣，把大箱子推進去。

很快地，木箱便消失在房間裡。

「那是誰的屍體啊？」雖然知道可能會被趕出去，我還是很好奇，尤其上面還有著國家的徽紋。

「亞德斯．里羅．艾斯卡、阿娜絲塔．里羅．艾斯卡。」學長丟給我兩個人名。

「……學長，所以那個背景故事根本是你的記憶吧。」屍體都拖回來了，竟然還裝作不是他給我落跑！

紅色眼睛看過來，「那又怎樣？」

是不能怎樣啦……但是你也不用裝死啊！何必裝死！做人幹嘛要這樣裝死！

「褚，你有什麼意見嗎？」

那瞬間我馬上抱頭蹲下來，還眞的險險給我閃過腳底，就說我眞是越來越會閃了，連角度都抓得這麼準。

「沒……是說爲什麼學長你會把王子和公主的屍體拖回來啊？」既然是在遊戲裡扮演過的角色，我就特別好奇，感覺有種親切感。

「受到後代委託的，雖然已經不是王室，不過似乎因爲地形變動、朝代遞嬗和開發等因素，後代子孫希望可以將他們的屍體從村莊下移出另外立碑，畢竟對他們來說別具意義。」學長邊說邊脫掉黑袍，然後進浴室去洗個手臉，「其他年代久遠的王族遺骨早就找不到了，剛好王子和公主的有地精守護，深陷在久遠的地層下，才能保護得這麼完整。」

「所以學長你這陣子出的任務是這個喔。」難怪這麼剛好反應在遊戲裡，但這樣問題就來了，「……學長，你眞的有看過他們嗎？」

「小時候被帶向無殿時，和……曾在那邊落腳過幾天，順便追蹤了一下王子等人的消息。」整理著頭髮，學長的聲音從浴室裡傳出來。

那個被消音的「……」應該就是董事吧，而且搞不好還是學長超級不想提到的扇董事。

「亞德斯王子是怎樣的人啊？」

看著地上的灰土，我突然有種時間錯置的感覺。

那是過去很遙遠的事，但故事好像就發生在昨天而已。

「關於這個……你自己給我去圖書館查。」

隨著學長超沒良心的怒斥，我被一腳踹出他的房間，接著在我面前把門甩上還上鎖，清楚表示沒有說故事時間。

超小氣的。

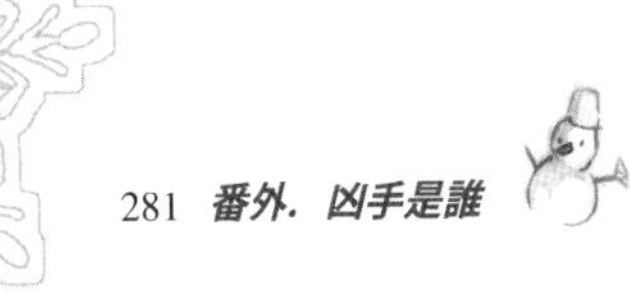

學長你根本就是不想被喵喵他們追問故事和細節，才裝死的對吧！

人生何必逃避，多講兩句話會死嗎！要敦親睦鄰友愛同學啊可惡！

「看來明天要跑一趟圖書館了。」

我想，應該也會遇到喵喵跟千冬歲他們吧，肯定是喵喵又拉著大家一起查故事。

關於另一個時間點的那些獵人、祭司、法師與王子等等，那種近在身邊，卻又是久遠前被埋藏在歷史的另一段傳說。

其實偶爾這樣也滿有趣的。

〈凶手是誰〉完

後記

首先先祝大家龍年行大運。

書本上市時，應該是在新年前後的時間吧，祝大家二〇一二年平安健康、事事順心，不管是哪天都要過得很快樂喔。

「0.5」是特殊傳說新年應景的番外篇，第一次接觸的朋友可能會看不太懂，這時候建議大家先緩緩，看完特殊傳說本文之後再來看會更有樂趣喔。（新版即將上市）

番外篇雖然遲了很久才出版，不過終於也到大家的手上了，稍微有種鬆了口氣的感覺。

希望大家在過年期間閱讀時可以更愉快。

今後也請大家多多指教了。

大家新年快樂。

護玄
2012.1.11

護玄　繪

國家圖書館出版品預行編目資料

特殊傳說.0.5篇，決戰生死棋／護玄 著.
——初版.——台北市：蓋亞文化，2012.02
面；公分.——

ISBN 978-986-6157-81-3（平裝）

857.7 101000384

悅讀館 RE270

作者／護玄
插畫／紅麟 封面設計／克里斯
出版／蓋亞文化有限公司
地址◎台北市103承德路二段75巷35號1樓
電話◎（02）25585438 傳真◎（02）25585439
部落格◎gaeabooks.pixnet.net/blog
臉書◎www.facebook.com/Gaeabooks
電子信箱◎gaea@gaeabooks.com.tw
投稿信箱◎editor@gaeabooks.com.tw
郵撥帳號◎19769541 戶名：蓋亞文化有限公司
法律顧問／宇達經貿法律事務所
總經銷／聯合發行股份有限公司
地址◎新北市新店區寶橋路235巷6弄6號2樓
電話◎（02）29178022 傳真◎（02）29156275
港澳地區／一代匯集
地址◎九龍旺角塘尾道64號龍駒企業大廈10樓B&D室
電話◎（852）27838102 傳真◎（852）23960050
初版十七刷／2023年4月
定價／新台幣 240 元
Printed in Taiwan

ISBN／978-986-6157-81-3

GAEA

GAEA